Macbeth.

Trois sorcières prédisent à Macbeth qu'il régnera sur l'Écosse. À l'instigation de sa femme, il assassine le roi Duncan, auquel il succède. En proie à des hallucinations, il meurt, tué par le fils de Duncan.

C'est la tragédie du remords, l'un des chefs-d'oeuvre de William Shakespeare, le plus grand auteur dramatique du seizième siècle.

Max Ricard, le jeune physicien de l'Université Laval, venu à l'Île du Prince-Édouard avec son ami le journaliste Guillaume Verdier pour participer à un congrès de savants, va se trouver mêlé à une affaire à laquelle participe un comédien réputé pour son interprétation du rôle de Macbeth.

Après une série de mésaventures et d'incidents imprévus, où l'imagination de l'auteure n'est jamais en défaut, on trouve la clé de tous les problèmes.

MAX
contre Macbeth

Maquette de la couverture: Tranblée

ISBN: 2-7621-1263-X

Dépôt légal: 1ᵉʳ trimestre 1985
Bibliothèque nationale du Québec.

Composition et mise en pages: Helvetigraf, Québec.

Monique Corriveau

M A X
contre Macbeth

roman

fides

À mon neveu Marc

1

Jannis et Johnnie

Max Ricard appuie sur l'accélérateur et la Volvo, docile, bondit en avant.

— Bonne voiture, remarque le physicien.

— Un peu sale, riposte Verdier, mais quoi d'étonnant, après mille kilomètres de voyage?

— Neuf cent vingt, corrige Max, dont le métier exige plus de précision.

— Elle n'a pas flanché une seconde, renchérit son compagnon.

Il est vrai que Dulin, propriétaire de la Volvo, la traite comme on soigne un pur-sang. Industriel de Québec et membre d'un club de voitures, il partait pour l'Europe et a offert son automobile à Ricard, son navigateur lors de nombreux rallyes. Leur équipe a mérité plusieurs trophées que rappellent des plaques de cuivre fixées au tableau de bord.

Délégué à Charlottetown pour un congrès de physiciens, Max a profité de l'occasion pour inviter son camarade, Guillaume Verdier, reporter au *Québécois*.

Le contraste entre les deux amis est frappant. Ricard, grand et sec, a les gestes précis et vigoureux de l'athlète. Son visage, au repos, revêt une expression de gravité, qu'accentue, soudain, l'acuité du regard. Plus rarement, un sourire narquois, une repartie mordante révèle qu'il peut devenir le boute-en-train d'un groupe.

Les traits mobiles de Verdier expriment la fougue, la cordialité, une sorte de gaieté contenue qui, on le sent, l'aidera à franchir bien des obstacles. Pour l'instant, il compte jouir à plein des vacances inattendues accordées par son rédacteur. Celui-ci a imposé une condition: Verdier expédiera chaque soir un article au journal. Le patron a une idée derrière la tête: Ricard attirera peut-être l'aventure, cette fois encore. Quant à Guillaume, il profite de l'occasion pour déborder les cadres de la chronique sportive.

Après les vastes étendues du Nouveau-Brunswick, la traversée entre le cap Tormentine et Borden, à l'Île-du-Prince-Édouard, s'est déroulée sans ennui.

La campagne, aux ondulations très douces, a l'air d'un beau jardin. Au lieu de clôtures, des haies séparent les champs et servent d'abri aux petits animaux.

Sur l'horizon vaste et plat, une ville, au loin, se dessine.

— Charlottetown, dit Max, et d'une voix monocorde, Verdier récite:

— Charlottetown, la plus petite capitale provinciale au Canada, fondée en 1763. Les Pères de la Confédération...

— Tu parles comme un livre de géographie.

— Ne m'interromps pas. Siège du vingt-troisième congrès national de physique, où se distinguera le célèbre expert en ondes lumineuses, le docteur Max Ricard.

— Idiot, bougonne l'autre, moitié riant.

— Ça ne t'émeut pas, de t'adresser à tous ces vieux bonzes?

— D'abord, ils ne sont pas tous vieux. Et, deuxièment, je remplace Fontaine.

— Hum! fait le journaliste.

On n'a pourtant pas désigné son ami comme un quelconque substitut du maître vénéré.

— Écoutons la radio, ça te distraira.

Guillaume se penche et tourne un bouton. Du haut-parleur, installé à l'arrière, éclate la voix d'une chanteuse à la mode:

> *Vivaient dans mon village*
> *Trois filles bien jolies*
> *Charmantes et pas volages*
> *Qui cherchaient un mari...*

— Trop sentimental, juge Max.

Verdier fredonne les paroles, tout en marquant le rythme avec son pied.

— C'est l'heure des nouvelles à Radio-Canada, insiste Ricard.

— Tu ne connais rien en musique. Tu ne vis que pour le hockey. Mais où allons-nous?

La voiture ralentit devant un poste d'essence.

— Je fais laver la voiture, dit Max, pour ton entrée triomphale à Charlottetown.

*

Une heure plus tard, Ricard se présente, seul, à la réception de l'hôtel. L'employée, vivement impressionnée par ce congressite horssérie, lui tend le cartable rebondi qu'on a préparé pour chacun des participants. Puis elle inscrit nom et adresse dans un registre.

— Vous désirez sans doute une chambre? dit-elle, tendant la main vers un fichier.

— Non, mademoiselle. Je campe de l'autre côté de la baie.

— Mais on ne campe pas pendant un congrès, proteste-t-elle.

— Et pourquoi pas?

Trois respectables messieurs se tournent vers ce collègue original.

Ce dernier, en s'éloignant, adresse à la jeune fille un sourire moqueur qui achève de la bouleverser.

Elle n'est pas remise de ses émotions qu'un garçon de dix-sept ou dix-huit ans fait irruption dans le hall de l'hôtel. Il se fraie un chemin sans ménager les coups de coude et s'appuie, hors d'haleine, au comptoir. Petit et trapu, les mèches collées au front, ses traits mobiles convulsés par la peur, il sautille d'un pied sur l'autre.

— Monsieur Ricard? dit-il d'une voix sourde.

Ses yeux furètent, à droite, à gauche, parmi les hommes de science qui causent, en groupes animés.

Avec une moue dédaigneuse, l'employée répond froidement:

— Monsieur Ricard est absent. Y a-t-il un message?

Il riposte par une autre question:

— Où est Ricard? Il faut que je le voie tout de suite.

Un tel désarroi impressionne malgré elle la jeune fille; amadouée, elle indique, sur la carte, le terrain de camping où se sont retirés les voyageurs. Elle regrette un peu son geste de pitié, car, sans un merci, l'étrange enquêteur s'est déjà précipité vers la sortie.

Cependant, Max a rejoint Guillaume au campement. Après un dîner rapide, mais soigné — Guillaume est un gourmet — ils vont explorer les alentours. C'est leur première visite dans l'Île-du-Prince-Édouard et, d'instinct, ils tournent leurs pas vers la mer. Une et innombrable, elle rythme le silence par son mugissement. Les yeux fixés au large, ils perdent la notion du temps, jusqu'à ce que les vagues viennent leur mouiller les pieds.

Max consulte sa montre:

— Partons vite. La première séance du congrès commence à huit heures trente.

— Bah! ronchonne Verdier, nous subirons les discours de circonstances: le maire, le président, monsieur Ci, monsieur Ça, et le tout en anglais.

— Aiguise ton crayon, et montre au rédacteur ce que tu sais faire.

Quelques minutes plus tard, l'auto file vers la capitale. Un jeune homme, au pas de course, longe la route en sens inverse.

— Il est bien pressé, celui-là, commente Max.

Comment pourrait-il deviner que l'inconnu le cherche depuis plus d'une heure? Quand il apprend que quelqu'un le réclamait tantôt, Max ne s'émeut guère:

— Si c'est important, il reviendra.

La soirée s'écoule, comme l'avait prévu Guillaume, en discours plus ou moins ennuyeux, prélude à une conférence sur les perspectives de la science.

L'orateur, un vieillard grand et sec, a un visage intéressant, marqué de rides et tanné par les embruns. Attaché à un centre de recherches marines, il semble se moquer des conventions et porte, avec un pantalon de tweed, un chandail noir à col roulé.

Pendant la discussion qui suit le brillant exposé du savant, Max se nomme, pose une question pertinente à laquelle le conférencier répond longuement. Puis:

— Vous êtes le fils de Ricard, le collaborateur de Fontaine à Québec?

— Non, il n'y a que moi, répond Max, avec simplicité.

L'autre, incrédule, grommelle quelque chose.

Plus tard, dans la voiture, Guillaume rappelle cet incident.

— Qui est cet oiseau rare? demande-t-il, car il a quelque peine à saisir les noms anglais.

— Frobisher, de Vancouver. Un grand bonhomme.

— Il n'a pas l'air commode, remarque Verdier, et je n'ai rien compris à ses histoires.

Max a pris quelques notes à l'intention de son camarade; il lui remet un résumé, en termes clairs et concis, des idées du savant. Verdier, reconnaissant, a tôt fait de rédiger son premier article, qu'il tape sur une machine à écrire portative.

Le texte dûment mis à la poste, les deux amis regagnent leurs pénates vers minuit. Guillaume, toujours exubérant, commente la réunion avec humour; il mime l'emphase de l'un, les tics de l'autre, jusqu'à ce que Max, d'un geste, lui impose le silence.

Quelque chose a bougé entre les arbres. Sans bruit, Ricard se coule sous bois. Des branches craquent maintenant sous des pas précipités.

«Quel maladroit», songe le chasseur; plus rapide, et plus silencieux, il rejoint le fuyard. Max, judoka expert, a vite raison de son adversaire; il l'entraîne sans ménagements, le pousse dans la tente.

Brutal, le faisceau d'une lampe de poche éclaire le visage du captif. Le garçon s'est accroupi avec, au fond des yeux, la panique d'une bête traquée. Il n'a pas dix-huit ans.

— Qui es-tu? demande Max.

Guillaume a allumé la lampe Coleman dont la lueur s'amplifie, éveillant, sur les murs de toile, des ombres chinoises.

— Lequel de vous est Ricard? riposte l'inconnu, et son regard va de l'un à l'autre des deux hommes.

— C'est moi, dit Max. Si tu voulais me parler, pourquoi te sauves-tu?

— À mon avis, ce garçon est un voleur, interrompt Verdier, méfiant.

Le prisonnier ne peut masquer son trouble. Max, froidement, fouille les poches du garçon, puis le sac de toile qui contient les restes d'un repas.

— Voilà tes jumelles, Guil. Tu as raison.

— Je ne suis pas venu pour ça, proteste le captif, qui se débat.

«Après tout, songe Max, un malfaiteur ne s'annonce pas, d'habitude».

— Je t'écoute.

Il relâche son étreinte, l'autre se secoue, constate qu'il est encore entier. L'air malheureux, il jette un regard à Guillaume qui examine son bien.

— Verdier est un ami, tranche Max. Explique-toi.

Le garçon offre pêle-mêle ses confidences:

— Deux fois, j'ai lu votre nom dans les journaux, en rapport avec des affaires d'espionnage. Et tantôt, je me suis dit: lui seul pourra m'aider.

— S'il s'agit d'espionnage, pourquoi ne demandes-tu pas l'aide de la gendarmerie?

— J'ai aidé un camarade lors d'un cambriolage, on me reconnaîtrait.

— Un délinquant, constate Verdier, avec rancune. N'écoute pas ce gamin, Max, il va t'attirer des ennuis.

Ricard n'en a cure:

— Que veux-tu me conter?

Le garçon s'est ressaisi. Plus posément, il raconte:

— Ce matin, je revenais de mon travail à la conserverie de poisson. Je suis dans l'équipe de nuit, et nous finissons à cinq heures. J'allais chez moi, quand je me suis trouvé nez à nez avec un homme qui m'a dit à voix basse:

— «C'est toi, Jannis?» ou quelque nom qui ressemble à cela. J'ai compris «Johnnie», et j'ai dit oui, car c'est mon nom. Alors il a continué très vite: «Celui que vous cherchez arrivera aujourd'hui pour assister au congrès. Je le conduirai à Rustico Harbour, mais ne faites pas de mal à l'enfant.» Comme je ne répondais pas — j'étais trop surpris —, il a ajouté: «Je vous indiquerai l'heure et le jour par le moyen habituel.»

— Que s'est-il passé ensuite? dit Ricard.

— J'ai protesté, j'ai dit qu'il se trompait et j'ai reculé, jusqu'au réverbère, pour qu'à cette clarté il constate son erreur. Un instant, il a hésité. Je revois encore son geste, les bras tendus, comme s'il demandait mon aide. Puis il répétait: «Ce n'est pas Jannis» et cette fois, j'ai bien saisi le nom. Il s'est sauvé, comme s'il avait le diable à ses trousses.

— De qui peut-il s'agir? monologue Ricard, d'un ton méditatif que Guillaume reconnaît trop bien. Max a décidé d'aller jusqu'au bout de cette histoire. Johnnie parle en anglais, très vite, et utilise des termes d'argot qui échappent au reporter. Mais celui-ci en saisit assez pour intervenir:

— Écoute, Max, tu ne vas pas écouter ce garçon et te lancer à l'aventure. Ce récit est une pure invention destinée à camoufler ses vols.

Son ami ne l'écoute pas; tout à son sujet, il développe sa pensée:

— Chacun des physiciens assemblés ici est un expert dans son domaine, et certains de ces domaines concernent des secrets militaires.

— S'il s'agit d'un complot, dit Verdier, entrant dans le jeu, que peut-on contre un homme, en plein milieu d'un congrès?

— Quelle idée, poursuit Max, de réunir au bord de la mer les meilleurs savants du pays, comme des friandises sur un plateau!

— L'endroit me paraît salubre et très beau, dit Verdier.

— Ici, on a le choix des moyens pour un enlèvement: barque de pêche, sous-marin au large des côtes, hélicoptère...

— J'aurais dû me douter qu'il nous arriverait quelque tuile.

Cependant, Max s'adresse au garçon;

— Johnnie, pourrais-tu reconnaître celui qui t'a parlé?

— Je n'ai pu voir son visage. J'ai remarqué surtout sa voix, une voix grave, bien posée, comme celle des commentateurs de la télévision. Il m'a semblé aussi qu'il lui manquait un doigt — mais je n'en suis pas sûr.

C'est peu mais, de ces indices, peut dépendre la vie d'un homme.

— Demain, déclare Max, nous nous installerons à Rustico; nous serons plus près, s'il se passe quelque chose.

— N'oublie pas qu'il me faut une boîte aux lettres, pour envoyer mes articles, dit Guillaume, mal résigné.

— Et toi, Johnnie, dit Max, où demeures-tu? Nous aurons peut-être besoin de ton aide.

Le jeune ouvrier se redresse:

— Vous me croyez? Vous n'allez pas me dénoncer pour les jumelles?

— Sûrement pas.

Max devine, chez ce garçon, un immense besoin d'être épaulé, soutenu.

— Viens, dit-il, maintenant je te reconduis chez toi.

Le garçon n'est jamais monté dans une voiture sport. Il savoure chaque minute de la promenade. Il habite, au fond de la baie de Tracadie, un petit village du même nom. À côté du bureau de poste, une maison grise, à balcon jaune, se cache sous les ormes.

— C'est là.

Elle semble déserte, comme à la dérive dans un jardin à l'abandon.

— Tu demeures seul ici?

— Mes parents passent un mois chez ma soeur, au Cap-Breton.

Max hésite, peu enclin à laisser le garçon, dont il pressent le désarroi, à une solitude aussi totale.

L'autre, sur la défensive, s'est raidi:

— J'aime ça ainsi.

18

Il ne regrette guère les tracasseries et les orages de sa vie familiale et explique:

— Je suis plus tranquille. Je rentre toujours tard, de toute façon.

«Beaucoup trop tard,» songe Guillaume impatienté. Max doit-il donc se faire du souci pour tous et pour chacun?

Au moment de quitter ses nouveaux amis, l'adolescent tourne vers Max des yeux inquiets:

— Il y a autre chose...

— Oui?

Johnnie, profondément mal à l'aise, baisse le nez:

— J'ai aussi votre stylo, monsieur Ricard.

— Eh bien, garde-le, il te rappellera notre rencontre, dit Max, avec bonne humeur, tandis que Guillaume, plus renfrogné que jamais, hoche la tête.

Guillaume a peut-être raison de s'inquiéter. Un peu plus tôt ce soir-là, l'interlocuteur du jeune ouvrier a fini par trouver celui qu'il cherchait: Jannis. Dans une ruelle obscure de Charlottetown, ils ont échangé quelques mots à la hâte.

Et maintenant, Jannis, à la table d'un café du port, a rejoint un complice. Ce dernier a choisi un coin d'ombre, de sorte qu'on ne distingue guère ses traits. Seule se découpe la silhouette trapue du personnage, et, lorsqu'il tourne la tête, les angles durs de son profil au menton carré.

Les accents d'un accordéon isolent chaque groupe dans un îlot de bruit, de sorte que Jannis ne se gêne pas pour parler haut. L'autre écoute le récit de la rencontre, puis, hargneux, il demande:

— Peut-on se fier aux promesses de ce vieillard?

— Je le crois. Il nous dira le jour et l'heure dès que ce sera fixé.

— Aura-t-il assez de cran pour mener l'affaire à bien?

— Qu'il conduise son ami jusqu'à nous, je me charge du reste.

— Pourtant, s'il allait tout raconter?

— Il a bien trop peur, ricane Jannis.

— Je déteste me fier à des peureux, ils peuvent tout gâcher au dernier moment. Et ces messages, cette mise en scène, ça fait terriblement cabotin.

— Nous n'avons pas le choix, conclut Jannis. Les ordres sont les ordres.

La musique s'est tue, les voix éclatent, soudain libérées. Les deux hommes, en silence, s'en vont.

2

Une tente à Rustico

La route droite, battue des vents, longe la mer toujours présente. Juste avant le village de Rustico Harbour, trois maisons se découpent sur le vaste ciel. La Volvo, pilotée par Max, s'arrête devant la première habitation.

Un vieil homme, assis sur la véranda, fume sa pipe. Sans hâte, il se dirige vers les visiteurs, d'une démarche lourde et balancée, mieux adaptée au pont d'un bateau qu'à la terre ferme.

Un petit chien à la voix aiguë s'agite au bout d'une corde. Malingre, le poil ras, il prouve sa valeur de gardien par des bonds désordonnés, évitant avec adresse les taloches de son maître.

Ce dernier, taciturne, examine les voyageurs.

— Pourrions-nous camper sur votre terrain? demandent-ils.

Le pêcheur se fait d'abord tirer l'oreille, mais l'allure sportive de ces gaillards lui plaît et il se laisse arracher la permission.

Entre un jardin potager et la falaise de terre rouge, un bouquet d'arbres masque la tente aussitôt dressée. En contrebas s'étale une plage de sable fin comme une frange couleur de rouille autour des falaises coiffées d'herbe. Trois chaloupes se balancent au bout d'un petit quai, taches d'un jaune vif sur la masse grise et ondulante de l'océan.

Guillaume installe une table pliante, flanquée de deux chaises, et va remplir au puits la vache à eau de toile grise. Max amasse du bois sec, façonne un foyer de pierres rondes. En moins d'une demi-heure. ils ont achevé leur installation, et disparaissent aussi vite qu'ils sont venus.

Pour atteindre Charlottetown, il faut traverser l'île du nord au sud. Vers huit heures, Max laisse son camarade à la porte du théâtre.

— Dommage qu'on ne t'ait pas invité, Max. Tu m'aurais aidé à comprendre la pièce et à rédiger mon article.

On a distribué aux journalistes des billets pour la comédie musicale, *Anne of Green Gables*, dont l'action se déroule à Cavendish, l'un des villages de la province.

— Tu te débrouilleras sans moi, tranche Ricard. Nous avons ce soir un colloque et je ne voudrais le manquer pour rien au monde.

Pendant les quelques minutes qui restent avant le lever du rideau, Guillaume explore l'édifice de la Confédération, construit à l'occasion du Centenaire du Canada. Par des marches de pierre, il accède à un vaste parvis où il coudoie la foule bigarrée des vacanciers. L'immense cube de béton, percé de baies verticales, abrite, outre un théâtre de mille places, une bibliothèque et une galerie d'art, auxquelles le reporter jette un coup d'oeil, trop rapide à son gré. Les peintures modernes, plus étonnantes les unes que les autres, plairont à Max.

Déjà les lumières s'éteignent, et la musique éclate, joyeuse, entraînante. Verdier a rejoint ses confrères au premier rang, et la pièce commence: deux vieillards, le frère et la soeur, ont adopté une fillette, Anne, dont le bon coeur et l'indépendance leur causent mille tracas.

La fraîcheur, la vitalité de la comédienne enchantent Verdier. Vaguement jaloux de Gilbert, le jeune prétendant, il le juge neutre et fade. Redoutant l'autoritaire Marilla, au double menton expressif, Guillaume éprouve, pour le fermier Matthieu, une immédiate sympathie. Comme il joue bien, cet homme dont la voix chaude exprime chaque nuance de la pensée. Par son talent, il domine, et de beaucoup, le reste de la distribution.

Ému malgré lui, Guillaume trace quelques mots sur son programme, et même un croquis: rien de banal dans ce décor à deux niveaux, que les feux de la rampe éclairent à tour de rôle. C'est Green Gables, avec les lucarnes vertes qui lui ont valu son nom. Au rez-de-chaussée, la cuisine et son dressoir ancien, et la chaise berceuse à laquelle revient sans cesse Matthieu. En haut, la chambre d'Anne, telle qu'on peut encore la voir dans la vieille demeure de Cavendish où Lucy Maud Montgomery a situé l'action de son roman.

Déjà la représentation s'achève, et Guillaume, impulsif, se lève pour applaudir fermement, longuement, les artistes. Revigoré, il se hâte vers l'hôtel, où Max lui a donné rendez-vous.

Le journaliste n'est que modérément surpris quand il constate l'absence de son ami. Le colloque s'est terminé voilà longtemps et quelques congressistes, qui s'attardent à causer, confirment les soupçons de Verdier: Ricard, avec des compagnons, a décidé de prolonger, ailleurs, une discussion passionnante; il aura oublié l'heure.

Pestant contre la physique, Verdier arpente les rues désertes, autant pour passer sa colère que pour trouver une solution au dilemme: un taxi jusqu'au village le ruinerait; attendre peut aisément le mener jusqu'à l'aube. Quelle idée saugrenue d'élire domicile en pleine campagne!

Nulle part, il n'aperçoit la Volvo. Par contre, un camion, qui fait le plein à un poste d'essence, attire son attention. «Rustico Fisheries» lit-il sur la caisse: Pêcheries de Rustico. C'est donc en compagnie d'un routier obligeant qu'il traverse, ce soir-là, le parc national, pour atteindre la côte nord de l'île.

Max n'est pas à la tente. Guillaume, d'ailleurs, ne l'espérait guère.

Il écrit avec difficulté son pensum, comme il se plaît à appeler l'article quotidien qu'exige le rédacteur du *Québécois*: c'est payer un peu cher une semaine de vacances! Il aurait volontiers soumis le texte à Max, critique exigeant, mais le temps presse, il faut jeter l'enveloppe à la poste.

Guillaume va jusqu'au village endormi. Un peu inquiet, il se résigne à se coucher. Max ne s'est-il pas lancé, avec son audace coutumière, sur quelque piste dangereuse? La visite de Johnnie, la veille, ne présage rien de bon.

Beaucoup plus tard, les aboiements irrités du petit chien éveillent le journaliste. Une bouffée d'air chargé de sel, un frôlement léger: quelqu'un se glisse dans la tente.

Guillaume, pas trop rassuré, se redresse brusquement:

— C'est toi, Max?

— Oui. Désolé. Cet animal mène un train d'enfer.

— Tu sais qu'il est quatre heures du matin? dit l'autre, après un regard au cadran lumineux de sa montre.

Ricard, penaud, prend le parti de rire.

— Je t'ai fait attendre. Nous avons travaillé au laboratoire de l'université après le colloque.

Il ne dit pas, parce qu'il n'en est pas conscient, que ses idées inattendues ont bouleversé les physiciens. Il a, en toute simplicité, mis en question les postulats les plus respectés, il a rapproché, en formules d'une vigueur fulgurante, des idées en apparence sans lien entre elles. Ne sentant pas la fatigue, il aurait parlé physique vingt-quatre heures d'affilée, si ses compagnons n'avaient crié grâce.

Enthousiaste, il expose maintenant ses théories à Guillaume, bien que celui-ci n'y comprenne goutte, puis il conclut son monologue avec simplicité:

— Évidemment, c'est une hypothèse de travail. Nous en reparlerons dans dix ans.

— Demain, ça suffira, si tu me permets de dormir.

À la lueur d'une torche électrique, Max tire de son sac ce qu'il faut pour écrire.

— À tout à l'heure.

— Où vas-tu? demande Guillaume, ébahi.

— Il faut que je réfléchisse à tout cela...

Il sort, dépose sur la table la lampe Coleman dont la clarté éclipse les lointaines étoiles. Emmitouflé de couvertures, il couvre de lettres et de chiffres les feuillets qu'il défend, au moyen de cailloux, contre le vent du large.

Il oublie tout, le lieu et l'heure. En ces moments de travail intense, il se suffit à lui-même, libéré, autonome. Il ne voit pas les papillons qui le frôlent, attirés par la lumière, il ne ressent pas le froid vif de la nuit. La solitude et le silence lui sont une amitié.

*

À l'est, l'aurore découpe, sur la toile bleue, la dentelle opaque des branches. Une fois encore, Guillaume s'éveille en sursaut.

Max a saisi quelque chose, et, rapide, se glisse hors de la tente. Son camarade l'interpelle:

— Où vas-tu, cette fois?

Peine perdue. L'autre est déjà loin.

Verdier, furieux, prend le parti de le suivre. Max, à plat ventre parmi les hautes herbes qui surplombent la falaise, examine l'horizon, avec les jumelles dont il s'est muni tantôt.

Le petit jour éveille sur la mer des reflets orangés qui s'étirent, là-bas. Bientôt triomphe l'éclatante lumière du matin.

Le guetteur reporte son attention vers la gauche: une chaloupe bondit sur les courtes vagues. Un seul rameur, à longs gestes souples, dirige l'embarcation vers North Rustico. De loin, on ne distingue qu'une silhouette sombre dans la clarté neuve où montent des traînées de brume.

Pour Guillaume, ce spectacle n'éveille que des images de paix. Comment expliquer l'inquiétude manifeste de Max?

— Il y a peu de temps, un petit bateau à moteur adressait des signaux lumineux que je n'ai pu déchiffrer. La fin d'un message en code, semblait-il.

D'un geste, il indique un point mouvant qui diminue, loin vers la droite. Derrière lui, rayant la mer, s'écartent deux sillons frangés d'écume. Et ce marin qui rentre au port, avait-il, au large, quelque mystérieux rendez-vous?

Le vent fraîchit, les vagues plus courtes montent à l'assaut du quai. La grisaille, peu à peu, s'appesantit, on ne distingue plus le ciel de la mer.

— Il va pleuvoir toute la journée, prédit le reporter, pessimiste.

Max, en forme malgré une nuit sans sommeil, a bien d'autres soucis en tête. Il s'accommode d'ailleurs, avec sérénité, des sautes d'humeur du temps.

3

Sous les projecteurs

Le studio de télévision de Charlottetown bourdonne d'activité. Le réalisateur, nerveux, arpente l'immense pièce. Comme chaque vendredi, l'émission *Weed-end* présentera demain une série d'interviews qu'il faut filmer la veille.

L'on doit commencer dans cinq minutes, et l'un des invités manque à l'appel. Les deux autres sont là: une femme d'âge mur, coiffée d'une toque de fleurs, qui sursaute au moindre bruit, et un vieil homme, très détendu, qui s'efforce de la réconforter.

Tant de calme s'explique aisément: acteur de métier, il joue le rôle de Matthieu, dans la comédie musicale *Anne of Green Gables*; la télévision n'est pour lui qu'une scène un peu différente pour atteindre le même public.

Le réalisateur regarde ses hôtes avec hostilité, leur imputant le fait de n'être que deux au rendez-vous. Il désirait interroger l'un des physiciens assistant au congrès. Le secrétaire de l'association lui avait suggéré un nom:

— Vous ne vous ennuierez pas avec le docteur Ricard, c'est un original.

On a eu toutes les peines du monde à dénicher ce Ricard dont nul ne connaissait l'adresse, et voilà qu'au dernier moment, il ne se montre pas. La pluie, sans doute, explique cette défection. Docteur en physique: ce titre évoque un vieillard, chauve et rhumatisant, que la mauvaise température ne manquerait pas d'effrayer.

Le réalisateur en est à cette réflexion quand la porte s'ouvre toute grande. Un jeune homme fait irruption dans le studio. Tête nue, l'imperméable dégoulinant sur le parquet, il sourit:

— Bonjour, monsieur, je...

L'autre, courroucé, lui coupe la parole:

— Le docteur Ricard n'a pu venir?

Interloqué, Max proteste:

— Me voici! Je viens de recevoir votre message.

L'homme n'en croit pas ses yeux.

— C'est vous, le docteur Ricard? Mais où étiez-vous donc?

— Je campe au bord de la mer.

De plus en plus ahurissant! Par ailleurs, un problème s'impose, d'ordre pratique:

— Nous n'aurons pas le temps de vous maquiller.

— Tant mieux, rispote Max, qui a noté, avec quelque inquiétude, les visages teints d'ocre des autres participants.

L'animateur s'approche, très à l'aise. C'est lui qui, tantôt, interrogera les invités. Il indique d'un geste une patère et, chaleureux, guide Max vers l'un des trois décors qui figurent en raccourci des salons luxueux.

— Mettez-vous là, je vous préviendrai quand ce sera à vous.

Max s'installe entre le comédien et la dame au chapeau fleuri. Il dépose à ses pieds la serviette de cuir noir à laquelle il semble tenir beaucoup.

Détendu, il examine ce qui l'entoure; cette première visite à l'intérieur d'un studio éveille sa curiosité. Il tente d'évaluer la puissance des projecteurs qui, du plafond, projettent leurs rayons lumineux.

— On pourrait aisément faire cuire un oeuf, constate-t-il, car, sous cet éclairage, règne un climat tropical.

Max admire d'un oeil averti la précision, la beauté fonctionnelle des lourdes machines qu'on roule sans effort d'un point à l'autre de la salle. Il dénombre sept techniciens affairés autour des caméras. Une jeune femme, utilisant comme un miroir l'écran-témoin qui servira tantôt à vérifier l'image, lisse ses cheveux bouclés.

Mais quel est donc cet appareil assez semblable à une girafe? Sa voisine, mieux renseignée, lui souffle:

— C'est la perche.

Un technicien — le perchiste — debout sur une plate-forme surélevée, ajuste le support mobile du micro qui enregistrera les sons tandis que la caméra va capter les images.

Le réalisateur, plus vibrant que jamais, fixe des écouteurs à ses oreilles.

— Silence! réclame-t-il. Chacun va dire son nom pour le test des voix.

Le comédien, sans embarras, prononce d'une voix claironnante:

— Henry Birke.

La femme au chapeau ridicule, dans un murmure presque inaudible, continue:

— Muriel Jones.

Et le physicien déclare fermement:

— Max Ricard.

Sa voix, manquant de naturel, résonne dans l'immense salle.

— Madame, vous parlerez plus fort. Pour le reste, ça va. Ne regardez pas l'écran-témoin. Nous commençons dans trente secondes.

La jeune fille, après une dernière vérification à sa coiffure, s'éclaircit la gorge; c'est elle qui présentera l'émission.

— Vingt secondes, jette le réalisateur. Il intercale, à l'adresse d'un technicien:

— Toi, un peu plus près à droite. Dix secondes. D'abord, madame Jones. Cinq secondes. Puis Birke. Quatre, trois. Ensuite Ricard. Deux, un.

Le compte à rebours terminé, il se tait, étend le bras d'un geste large. Une mélodie très douce surgit on ne sait d'où, s'éteint presque aussitôt, et la jeune fille annonce:

— *Week-end*, votre magazine du vendredi.

En même temps on passe le générique où figure le nom des responsables de l'émission. Contrôlée en régie, l'opération se déroule à l'insu de l'invité. En studio, seul l'animateur s'en rend compte en jetant un coup d'œil à l'écran-témoin.

Près d'une table où l'on a exposé ses oeuvres, madame Jones et l'animateur discutent de céramique. L'artiste travaille la terre rouge caractéristique de l'Île-du-Prince-Édouard. Ses pièces, vendues aux touristes, lui valent une certaine renommée. Elle oublie toute timidité pour décrire le métier qu'elle aime.

Un peu de musique — Max ne parvient toujours pas à en déceler le lieu d'origine — et la caméra se fixe sur Birke, dont la voix grave, la diction parfaite, impressionnent les auditeurs. On évoque sa carrière: acteur shakespearien, il a joué des rôles importants, surtout *Macbeth*, son grand triomphe.

Max oublie ses propres inquiétudes. Ayant étudié la physique en Angleterre, il a fréquenté Cavendish, l'un des haut-lieux de la science en Europe. Avec des camarades, il se rendait souvent à Stratford-on-Avon, patrie du grand dramaturge, pour y voir jouer ses pièces.

Son enthousiasme manifeste, quand les étudiants en lettres avaient décidé de présenter *Macbeth* à l'université, lui avait valu le poste de régisseur. Il s'était chargé de l'éclairage, donnant libre cours à son ingéniosité; ravi d'entendre, soir après soir, ces tirades incomparables, il avait fini par les savoir par coeur; il se plaît à écouter Birke évoquer de semblables souvenirs.

L'entretien, trop bref à son gré, a pris fin. Voilà que la perche roule vers Max. Après une séquence de la soirée inaugurale du congrès, l'animateur, qui a gagné le fauteuil voisin, commence:

— Nous avons le plaisir d'accueillir ce soir le docteur Max Ricard, chercheur en physique nucléaire à l'Université Laval de Québec. Bonjour, docteur Ricard.

Il réussit à donner à cette conversation un ton de naturel assez étonnant.

— Vous assistez au congrès de physique?

— Oui, répond Max avec appréhension.

Un coup d'oeil furtif du côté de l'écran-témoin le rassure. On ne devinera jamais son embarras. Il paraît plus sévère que timide.

— Vous êtes sans doute le plus jeune participant du congrès.

— C'est possible. Je n'y ai pas fait attention.

— On me dit, poursuit l'autre impitoyable, que vous campez plutôt que de demeurer à l'hôtel.

Max s'est rembruni:

— En effet. Un camarade et moi avons dressé une tente au bord de la mer.

L'entrevue prend une allure plus scientifique. En quelques images hautes en couleur, Max rend presque simples pour le profane les problèmes que l'on aborde pendant ces journées d'étude.

Déjà on calcule les secondes qui restent, et l'entrevue se termine, coupée par le thème musical et le générique. Tout n'a pas été dit. Le réalisateur, enfin épanoui, n'abandonne pas pour autant ses proies. Dans le brouhaha qui s'élève, il ordonne:

— Veuillez attendre. Nous procédons maintenant à une vérification pour savoir si nous devrons reprendre certains passages.

Max saisit l'occasion de se mêler aux techniciens; il pose des questions, examine les appareils.

Bientôt, on peut partir. Sur le seuil, Henry Birke salue le réalisateur avec un peu d'emphase. «Déformation professionnelle», constate Max. Il observe en même temps la serviette de cuir, semblable à la sienne, que l'acteur tient de sa main gauche.

Ricard, soudain en alerte, fixe son regard sur cette main qui se découpe sur le cuir luisant. *Et cette main ne compte que quatre doigts.* Cette voix cultivée, cette phalange qui manque, permettent, presque à coup sûr, d'identifier l'interlocuteur de Johnnie.

En trois bonds, Max est dehors, se créant une réputation d'impolitesse notoire. Peine perdue. Birke s'est fondu dans la foule. A-t-il pénétré dans une boutique ou sauté dans le tramway qui s'éloigne? Impossible de le deviner. Quand Max revient au studio pour réclamer son bien, on lui remet l'imperméable et la serviette de cuir.

Tard ce soir-là, tandis que Guillaume, piètre campeur mais excellent cuisinier, fait sauter dans la poêle une crêpe dorée à point, Max décide de relire et de mettre au point sa communication au congrès. Au lieu des feuillets familiers, la serviette contient une trousse de maquillage et un livre en anglais.

Ce n'est pas la serviette de Ricard, mais celle de Birke. L'acteur, quittant le premier le studio ce matin-là, s'est trompé. À son insu, il transporte des formules et des équations de physique nucléaire, éléments d'une théorie révolutionnaire des ondes lumineuses, telles que les conçoit Max Ricard.

Le physicien, désemparé, s'exclame:

— C'est un désastre.

— Bah! riposte son ami, tu n'auras qu'à improviser. N'as-tu pas prétendu qu'après quelques moments tu serais à l'aise?

— Tu te rends compte! Comment veux-tu que j'improvise un exposé scientifique?

Ce texte représente des mois de recherches dans le domaine d'élection du jeune chercheur.

— Henry Birke a ma serviette, explique Max. C'est l'homme dont Johnnie nous a parlé. Il lui manque un doigt.

Une crêpe a volé dans la poussière où elle fume encore.

— Tu n'aurais pas pu le dire avant? fulmine Verdier.

— Au début, explique Max, je croyais, comme toi, que notre visiteur inventait une fable, pour se rendre intéressant, et faire oublier ses vols. Mais cette rencontre avec Birke change tout.

Les crêpes s'empilent dans les gamelles. Le sirop d'érable répand son arôme délicat.

— Allons au théâtre ce soir, propose Guillaume, nous parlerons à ton monsieur Birke. Et cet échange de serviettes nous fournira un excellent prétexte pour entrer en contact avec notre suspect numéro un. Cette erreur nous aidera.

Max ne se déride pas, car la perte de son manuscrit l'inquiète fort.

Une déception attend les enquêteurs. Il y a relâche au théâtre ce soir-là. La direction fournit l'adresse d'une petite maison de banlieue où habite l'acteur.

Guillaume, promu navigateur, consulte le plan de Charlottetown. Il faut, a précisé l'informateur, emprunter la route du mont Édouard.

Elle s'amorce aux limites de la ville, elle n'en finit plus, elle sort même de la carte, s'échappant vers le nord.

Les habitations s'espacent, des champs déserts annoncent déjà la campagne. «Aurions-nous dépassé notre but?» se demande Guillaume. Enfin, c'est la rue Kenlea, avec ses toits de couleurs vives et ses jardins fleuris.

Tout au bout, fraîche et blanche, la demeure d'Henry Birke disparaît presque dans la verdure. On ne répond pas aux coups de sonnette de Guillaume qui s'impatiente.

Max, brusquement, lève les yeux. Un rideau a bougé, à l'étage.

Illusion, sans doute, car personne ne vient ouvrir. Dépité, le physicien va frapper à la porte arrière. Une fenêtre entrouverte le tente un moment. Mais on ne pénètre pas ainsi chez un inconnu.

— Il faudra bien que Birke se montre, raisonne Guillaume, pour rassurer son ami. On jouera *Anne of Green Gables* demain.

— Crois-tu que Monsieur Birke soit un grand sportif? demande soudain Max.

Une bicyclette italienne, à vitesses multiples, rangée le long de la clôture, voisine avec un gant de baseball tout neuf, abandonné sur le gazon. Un enfant demeure ici, un garçon choyé par les siens.

4

Matthieu l'énigmatique

Ni le soir, ni le lendemain, malgré de fréquents appels téléphoniques, Max ne parvient à rejoindre les occupants de la maison. À la fin de l'après-midi, il se rend chez Birke, en taxi, car il a laissé la voiture à Guillaume pour la journée.

Toujours personne dans la demeure silencieuse.

En désespoir de cause, Ricard se résout à jeter, dans la boîte aux lettres de l'acteur, une note éloquente et brève, presque un ultimatum, réclamant la serviette de cuir et son précieux contenu. Puis il fait le tour de la propriété. C'est alors qu'il constate certains changements: on a tondu le gazon, et la bicyclette a disparu. Il lève les yeux: là-haut, toutes les fenêtres sont fermées.

Birke est revenu; peut-être, en ce moment, ce trouve-t-il chez lui, tapi de l'autre côté de la porte; il cherche à écarter les indiscrets. Dans ce cas, les coups de sonnette de Max ont de quoi le plonger dans l'inquiétude: ce visiteur entêté ne se découragera pas facilement.

Mais Ricard ne peut s'attarder: des confrères l'attendent au laboratoire de l'université. Puis, vers neuf heures, il doit rejoindre Verdier qui a choisi de dîner dans un petit restaurant du port, pour déguster des fruits de mer.

Guillaume a passé la journée à Eldon, où se tient, chaque été, un festival écossais. Il a dans sa poche le texte d'un reportage dont il est assez fier et qu'il veut montrer à son camarade.

Il a rapporté de son voyage des descriptions enthousiastes: les plaids aux couleurs éclatantes, propriété de chaque clan, les joueurs de cornemuse aussi infatigables que les danseurs sur leur estrade. Max appréciera ce récit, surtout après une journée de savantes discussions que le reporter qualifierait d'ennuyeuses.

Le physicien est en retard; qu'importe? Le journaliste gare la voiture près d'un entrepôt, et profite du répit pour explorer les alentours. L'animation des quais contraste avec le calme des rues mal éclairées, presque désertes.

Surgissant d'une porte cochère, un homme se campe devant lui.

— Vous avez du feu?

— Oui, bien sûr.

Verdier ne peut distinguer le visage de son interlocuteur, mais seulement une silhouette massive qui lui barre la route.

Il plonge la main dans sa poche, cherchant des allumettes, et, brusquement, l'inconnu lui décoche un violent coup à la tempe. Tournant malgré lui la tête, il aperçoit, découpée sur un mur par le lointain réverbère, l'ombre d'une mâchoire anguleuse: on dirait celle d'un géant.

La riposte est presque instantanée. Guillaume ne s'en est pas donné à son goût, depuis la dernière bataille de ses treize ans. Il attaque, il feinte, il se démène, et la lutte, un long moment, reste indécise. Mais l'adversaire, leste malgré son poids, connaît tous les trucs. Trop impulsif, le reporter n'est pas à la hauteur de la situation. Il glisse, tente vainement de se raccrocher à son assaillant qui le repousse avec brutalité.

Tombant à la renverse, Guillaume distingue, penché sur lui, son adversaire menaçant; et, plus loin, les mâts tournoient au-dessus du port, dans une sarabande désespérée. Puis l'homme recule brusquement, happé par derrière. Max, arrivant à l'improviste, a besoin de toute sa science du judo pour tenir l'autre en échec, l'envoyer atterrir sur une pile de cages à homards qui dégringolent.

Le vaincu tourne les talons et s'enfuit. Max hésite: faut-il le poursuivre? Bah! Tant pis pour ce pick-pocket trop imprudent. Mieux vaut s'occuper du journaliste qui s'ébroue, et se relève avec précaution.

Malgré tout, celui-ci s'essaie à plaisanter:

— Bagarres réglées par Guillaume Verdier, dit-il, parodiant la générique d'un film.

— Ça va? demande Max, anxieux.

— Il cogne dur. Et il a abîmé mon meilleur complet. Si je le retrouve, ce forban...

— Tu ne le reconnaîtras pas plus que moi, riposte Max.

Quelques curieux se rassemblent, venus on ne sait d'où. Un agent de police fait les constatations d'usage, pose des questions inspecte vainement les rues obscures et reconduit les deux victimes jusqu'à leur voiture.

Utilisant la logique et l'imagination qui le servent dans son métier de chercheur, Max réfléchit tout en conduisant. S'agit-il, comme le pensait l'agent, d'une tentative de vol? Ou faut-il relier l'incident aux paroles de Johnnie? Le fil est bien ténu. Birke, devant l'insistance de Max, a peut-être prévenu un complice. Et ce dernier, à cause de la Volvo, croyait avoir affaire à Ricard.

Mais le vieil artiste choisirait-il un tel allié? Cela cadre mal avec le personnage.

Pensant tout haut, le physicien conclut:

— Ton agresseur, au moins, ne te demandera pas des allumettes la prochaine fois.

*

Le lendemain, alors que la lampe répand sur la table un îlot de lumière. Guillaume tape à la machine son article quotidien. Il relit la dernière phrase, interpelle son camarade:

— Hé, Max! Veux-tu censurer mon texte?

Le physicien, absorbé par sa lecture, ne s'est aperçu de rien.

— Tu es dans la lune. Qu'est-ce que ce bouquin?

— *Macbeth*, répond Max, abandonnant le livre de Birke au moment où le héros, convaincu par sa femme, décide d'assassiner le roi.

— C'est si beau que ça? dit le taquin.

— Oui. Écoute...

— Ah non! Je n'y comprends rien, proteste Guillaume.

— La langue est belle, même quand on n'y comprend rien.

— Je me moque de ton *Macbeth* et de tout Shaskespeare en même temps, Birke aurait dû réclamer ses affaires.

— Et me rendre les miennes, achève Max, car l'échéance approche.

Vingt-quatre heures ont passé, sans apporter aux deux voyageurs le moindre élément de solution. Impossible d'aborder Birke pendant qu'il évoluait sur la scène. Son départ, aussitôt la pièce terminée, ressemblait à une fuite, et Max a dû se résigner à l'inévitable.

De bonne grâce, il parcourt les feuillets où Guillaume a relaté sa visite de l'après-midi à Green Gables, vieille demeure de Cavendish transformée en musée.

— Quelle coïncidence! murmure le physicien.

— Que veux-tu dire?

— Le centre des recherches scientifiques où j'ai étudié en Angleterre, s'appelle aussi Cavendish.

Dans la célèbre maison aux lucarnes vertes, Lucy Maud Montgomery a fait vivre Anne, Matthieu et Marilla, les héros du roman dont on a tiré la comédie musicale. Le journaliste décrit, avec une pointe d'humour, les pièces meublées en accord avec les descriptions du récit. Il modifie quelques phrases, à la suggestion de son critique. Le rédacteur appréciera ces articles qui révèlent un Verdier inattendu, bien différent du chroniqueur sportif.

Les deux campeurs, après avoir porté au bureau de poste l'enveloppe adressée au *Québécois* ont revêtu leur maillot de bain. Le long de la route s'étale une plage longue de quarante kilomètres. On se croirait tombé sur quelque lune. Une paix du bout du monde imprègne le paysage minéral. La grande voix de la mer berce la nuit opaque, et l'eau tiédie par le Gulf Stream atteint 20°C. Max, audacieux, nage vers le large, tandis que Guillaume flâne près du rivage.

Des nuages s'amoncellent, masquant les étoiles, quand les baigneurs émergent, fouettés par le vent glacé.

— Il pleuvra demain, constate Guillaume, tandis que, pour se réchauffer, les deux amis reviennent chez eux au pas de course.

Dix minutes plus tard, Guillaume, déjà couché, proteste:

— Tu lis encore?

— Ça t'ennuie?

— Non, enfin oui. Je m'endors et j'ai une rude journée demain.

— Quels sont tes projets.

— Je n'en ai pas, et c'est bien là ce qui m'inquiète. Je ne puis parler trop souvent de ton congrès, le directeur risque de trouver la science monotone.

— Monotone! répète Max avec feu.

— Ne monte pas sur tes grands chevaux. Tout le monde n'est pas entiché de physique.

Ricard, un peu froissé, ironise:

— Raconte la culture de la pomme de terre, première exportation de l'île.

— Idiot! Pour m'inspirer, j'ai ici des brochures.

Il se perd dans des publications touristiques où l'on décrit, sur papier glacé, les attraits de la province-jardin.

— Voilà qui pourrait être intéressant, murmure-t-il.

Max quitte des yeux *Macbeth*.

— De quoi s'agit-il?

— D'un homme qui construit des maisons dans sa cour.

— Quel original!

— Woodleigh Replicas: des maquettes à l'échelle, la cathédrale d'York avec son carillon et — voici que devrait te passionner — la maison de Shakespeare et le château de Glamis où vivait ton cher Macbeth. Tu viendras?

— Pas moi. Discussion sur les accélérateurs d'électrons demain.

— À ta guise. Moi, je tiens mon sujet et je dormirai la conscience tranquille.

Max, soucieux, n'arrive plus à s'intéresser au roi cruel. Il réfléchit tandis que la pluie tambourine sur la toile. Il doit présenter son travail après-demain et pour cela, retrouver la serviette perdue. À cette occasion, il rencontrera Birke. Les confidences de Johnnie ne présagent rien de bon.

Faut-il s'adresser à la Gendarmerie royale? À Québec, Max n'hésiterait pas. L'inspecteur Audry, son partenaire lors d'aventures passées, saurait comprendre, appuyer, conseiller. Ici, à Charlottetown, Max risque d'attirer des ennuis au jeune indicateur en alertant la police, sans savoir s'il parviendrait à son but. Il ne possède, après tout, aucun indice sérieux, aucune preuve concrète.

Trop nerveux pour dormir il reprend son *Macbeth*. Inconscient du temps qui passe, il tourne les pages. Dès que son camarade ne bouge plus, il s'enhardit, et lit à haute voix:

La lumière s'obscurcit et le corbeau vole vers son bois favori; les bonnes créatures du jour commencent à s'assoupir et à dormir, tandis que les noirs agents de la nuit se dressent vers leur proie.

(*Macbeth*, acte III, scène II)

Guillaume ouvre un oeil:

— *Les bonnes créatures du jour* voudraient bien avoir la paix.

Puis, satisfait, il retombe endormi.

Le physicien ne se décourage pas pour si peu et plus bas, reprend sa lecture. Il connaît la pièce grâce à son expérience de régisseur, et pourrait, de mémoire, en réciter de longs passages. D'abord, Macbeth, torturé par l'angoisse et poussé au crime par sa femme, se résout à tuer son souverain, Duncan. Puis il s'endurcit dans le mal. C'est sur Lady Macbeth que pèse maintenant le remords; le souvenir du meurtre la hante, elle erre dans le palais, et l'une de ses suivantes remarque:

C'est un geste qui lui est habituel, d'avoir ainsi l'air de se laver les mains.

Hallucinée, la reine répète:

Il y a toujours une tache.

Devant le médecin qui n'ose comprendre, elle évoque Duncan:

Pourtant qui aurait cru que le vieil homme eût en lui tant de sang?

Et plus loin:

Il y a toujours l'odeur du sang... tous les parfums d'Arabie ne rendraient pas suave cette petite main.

Et c'est le châtiment, on apporte la tête de Macbeth au bout d'une pique. Max doit se résoudre à éteindre la lampe sur ces visions d'horreur. Mais il a oublié ses propres soucis.

5

La parole est aux sorcières

Verdier, les pieds dans l'eau, la pluie trempant son visage empourpré de colère, peste contre le temps qu'il fait. Quelle idée aussi de vivre en plein air, au lieu de se faire servir un petit déjeuner au lit, dans une chambre d'hôtel! Pour comble, Max, en bottes et ciré noir, semble à l'aise dans ce déluge.

Il a surgi de la tente, un livre à la main. Guillaume, courroucé, reconnaît la reliure du vieux *Macbeth*.

— Ah! non! Tu ne vas pas recommencer.

— Écoute, vieux, on a souligné certains mots et cela m'intrigue.

— Qu'importe?

— Ces mots ont peut-être un rapport avec l'histoire de Johnnie. Ce livre appartient à Birke. Quoi de plus naturel, s'il doit communiquer un message, que d'utiliser ce texte, en somme assez difficile, mais qu'il possède à fond?

— Ce serait étonnant.

— Rappelle-toi que *Macbeth* était son plus grand rôle, le triomphe de sa carrière. Il l'a joué des centaines de fois.

— Mais, proteste Guillaume soupçonneux, jamais dans une grande troupe.

— Je me demande pourquoi, dit l'autre, songeur.

Guillaume lève les yeux vers Max, debout, très droit, à ses côtés.

— Il manque à Birke cinq à six centimètres et le prestige qu'on accorde, à tort d'ailleurs, aux gens de haute taille.

Mais son ami ne l'écoute plus. Dans le carnet qui ne le quitte pas, Ricard inscrit, entre des équations compliquées et les croquis de ce qui sera un planeur, les bribes de phrases qu'on a marquées d'un trait à peine visible.

Il réfléchit, oubliant tout. Un moment, Guillaume monologue, puis se résigne au silence.

— C'est un code secret, dont il faut trouver le chiffre, explique Ricard.

— Une sorte de mots-croisés? demande l'autre.

Avec un intérêt soudain, il déchiffre les quatre lignes que Max a copiées sur la feuille blanche:

Je sais les ports mêmes où ils soufflent et tous les points marqués sur la carte des marins.

Neuf fois neuf accablantes semaines.

...Et si sa barque ne peut se perdre...

Trois tours pour toi, et trois pour moi.

— C'est dans le premier acte, alors que trois sorcières, préparent une vengeance, dit Max. Remarque les termes: port, marins, barque, puis ce neuf et ce trois...

— Je ne vois pas le rapport avec notre affaire, objecte Verdier, têtu.

— Voilà sans doute le «moyen habituel» dont parlait Birke pour communiquer avec ses partenaires.

— Tu y comprends quelque chose, toi?

— Cela peut ne rien signifier, ou s'interpréter de différentes façons; par exemple, ces mots indiqueraient un rendez-vous, le trois à neuf heures, ou le neuf à trois heures. Plutôt le neuf, puisque le congrès ne durera guère plus longtemps. Après cela, mes collègues se disperseront.

— Dans trois jours... Tu as peut-être raison. Mais le commencement du rébus?

— Le port de Rustico, les marins, les barques de pêche, je ne sais trop... ou plutôt, je pense que Birke se propose de conduire à ses complices un physicien dont nous ignorons l'identité.

Guillaume, rasséréné, esquisse un sourire:

— Si ce message est destiné à des complices, nous le gardons, et le tour est joué.

— Pas si simple. N'ayant plus son *Macbeth*, Birke inventera un autre code. Notre découverte nous permet de parer le coup; l'ennemi ne se croit pas découvert, et se conformera aux instructions.

— Charlottetown regorge de policiers et d'agents secrets, ronchonne Guillaume, mais nous voilà chevaliers pourfendant les dragons.

Et, après un moment, il tente un dernier effort:

— La seule attitude sensée serait de prévenir la gendarmerie.

— Il n'en est pas question.

— J'ai dit: serait, soupire Guillaume.

— À Québec, j'avertirais peut-être Audry...

Verdier fait la grimace. L'inspecteur n'est pas de ses amis: le flegme du policier exaspère le bouillant reporter.

— Mais ici, continue Max, j'ignore comment nous serions reçus. Johnnie risque gros. Peut-être pourrons-nous empêcher Birke de commettre une erreur. Il faut d'abord essayer seuls.

— Et si nous échouons? Quand l'un des physiciens disparaîtra, seras-tu plus avancé?

— Je vais parler à Birke, puis nous verrons.

Quand Max a une idée en tête, rien ne sert d'insister. Autant se jeter sur un mur de pierre. Guillaume, résigné, acquiesce.

— Allons chez lui.

— Impossible maintenant. Je dois présider une réunion de comité. Nous passerons au théâtre, on y a peut-être laissé ma serviette.

En route, Guillaume reprend ses protestations:

— Que diras-tu à Birke, si tu parviens à le rencontrer? Nous ne sommes guère renseignés à son sujet.

— Bah! J'improviserai. D'ailleurs, nous en savons plus que tu ne veux l'admettre. Nous connaissons l'endroit: Rustico, et le moment le plus probable.

Il compte frapper l'imagination de Birke et, par un bluff, amener celui-ci à des aveux.

Guillaume, buté, suit des yeux le vol d'un goéland qui plane, avec une audace tranquille, dans un ciel de grisaille.

À côté du vieil édifice où se réunirent en 1864 les Pères de la Confédération, se dresse le mémorial qui abrite une galerie d'art, une bibliothèque et l'immense théâtre de mille places. Sur la scène, on répète certains passages d'*Anne of Green Gables*. Max et Guillaume, installés au dernier rang du parterre, cherchent des yeux Henry Birke.

Le metteur en scène s'agite, tempête, mime les gestes, les accents qu'il exige. Dix fois, l'on recommence, mais «Matthieu» n'est pas là. On exerce sans lui des scènes où il ne paraît pas.

Dans la salle presque vide, tendue de rouge sombre, résonnent les voix fortes.

Le metteur en scène, s'épongeant le front, se laisse tomber lourdement sur un siège voisin.

— Qui êtes-vous? demande l'homme en anglais.

— Ricard. Max Ricard.

— Birke ne vient pas ce matin. Il m'a donné quelque chose pour vous.

Il va chercher la serviette de cuir noir dont Max se saisit avec joie.

— Voici la sienne, dit-il.

L'échange se fait; sans sourciller, Max abandonne l'unique pièce à conviction. Quel prétexte invoquer maintenant pour rencontrer le comédien?

Ricard, un sourire au coin des lèvres, vérifie ses papiers. Tout est intact, et, à vrai dire, ne prend guère de place: quelques feuillets où sont consignées des hypothèses, des conclusions étayées de preuves qu'expriment des formules cabalistiques. Puis, au pas de course, il gagne l'hôtel où se pressent les congressistes.

Guillaume, resté seul, se réjouit de conduire la Volvo pour poursuivre l'enquête. Désormais, il connaît la route du mont Édouard qu'il suit jusqu'à la banlieue où habite le comédien. Repérant l'avenue où demeure Birke, il dissimule la voiture à l'angle d'un garage et, par les cours, parvient à l'arrière de la maisonnette. Personne, cette fois encore, mais il s'obstine à faire le guet.

Vers onze heures, découragé, il quitte son poste, et gagne le centre de la ville. Il va arriver au club des journalistes où, plusieurs fois, il a rencontré des confrères, quand il aperçoit, traversant la chaussée, celui-là même qu'il cherchait. Birke, pressant le pas, atteint le trottoir.

Guillaume, impulsif, freine brusquement. Le grincement des pneus sur l'asphalte attire l'attention et Birke, après une seconde d'hésitation, oblique vers la première boutique venue.

Verdier range l'auto juste sous un *no parking* menaçant. Bah! le jeu en vaut la chandelle. Il bondit hors de la voiture, s'engouffre dans la porte tournante où, tantôt, l'acteur a disparu.

Mais il doit ralentir, car de l'autre côté de la paroi de vitre, une grosse dame partage avec lui cette espèce de cage d'écureuil. Les bras chargés de paquets, elle avance majestueusement, et décoche à son infortuné compagnon un regard courroucé. Répondant du tac au tac, il montre les dents en une grimace fort réussie.

Quant il débouche à l'air libre, il se découvre dans une forêt de violons, de guitares, de flûtes, exposés sur tous les étalages. Des tuyaux d'orgue tapissent le mur du fond, un disque tourne, quelque part, noyant la pièce sous de bruyants accords yé yé.

Henry Birke s'est volatilisé. La boutique forme l'angle d'un pâté de maisons, et une deuxième issue donne sur une rue perpendiculaire. Dépité, Guillaume fuit un commis empressé qui lui propose un violoncelle.

Comment avouer à Max une telle mésaventure? Il devra en outre payer l'amende, car il a garé sa voiture à un endroit défendu. Il aperçoit, sur le trottoir, un agent occupé à dresser une contravention; la première, sans doute, dans l'histoire de cette Volvo exemplaire, rumine le journaliste avec humeur.

Verdier va attendre son ami dans le vestibule de l'hôtel, et feuillette un journal, tour à tour irrité, puis amusé par l'optique différente avec laquelle les reporters de langue anglaise traitent les communiqués de presse.

Un rédacteur du *Charlottetown Observer* vient l'aborder:

— Verdier, vous aimez votre séjour dans notre île?

— J'aime l'île et les insulaires, riposte Guillaume, avec bonhommie.

— Vous êtes le compagnon de ce physicien de Québec dont tout le monde parle?

— Ricard? Nous campons à...

Mais il s'arrête à temps. L'autre ne perçoit pas le manège.

— J'aimerais rencontrer votre ami, continue-t-il. Mon journal m'a chargé d'une interview.

Max ne goûterait pas ce genre de publicité. Guillaume va protester quand, se détachant d'un groupe qui émerge de l'ascenseur, Max se dirige droit vers lui.

Verdier ne peut que présenter les deux hommes l'un à l'autre, et le curieux, enchanté de l'aubaine, accepte une chaleureuse invitation à déjeuner.

Tout se passe le mieux du monde. Max cause brillamment, ne songe qu'à vanter la science, et parle avec un accent d'autorité que ne lui connaissait pas Guillaume. Adroitement, le physicien esquive les questions personnelles avec une aisance que lui envie son camarade. Quelques allusions aux aventures passées contentent toutefois le représentant du *Charlottetown Observer*.

Au moment de partir, le journaliste adresse à Verdier un merci enthousiaste. Décidément, ce Ricard n'est pas comme tout le monde.

Dès qu'il est seul avec Max, Verdier raconte son échec.

— Birke a repéré la Volvo, et se méfie de nous, conclut Ricard. Tu as toujours l'intention de visiter Woodleigh Replicas cet après-midi?

— Plus que jamais. Songe à mon rédacteur en chef.

— Je t'accompagne.

— Mais ta rencontre de savants?

— Frobisher me remplacera.

— Ton ours en chandail noir?

— Il est très fort. Nous avons abattu de la besogne, ce matin, je t'assure.

— Et pourquoi as-tu changé tes plans?

Verdier ne s'illusionne guère. Son ami ne sacrifie pas sans raison un après-midi de physique.

— Si Birke utilise *Macbeth* pour véhiculer ses messages, pourquoi la maison de Shakespeare ne l'inspirerait-elle pas aussi?

6

La sentinelle de Glamis

La journée grise s'éclaire de rayons obliques; trouant les nuages, ils se jouent sur la terre fumante et sur les champs d'un vert profond, encore luisants de pluie.

Évitant le terrain de stationnement bien fréquenté, Ricard et Verdier garent la Volvo derrière les bâtiments d'une ferme voisine et marchent jusqu'à la grande propriété aux arbres magnifiques.

Woodleigh Replicas, peut-on lire sur une enseigne, à l'entrée principale. Dans un décor champêtre, le colonel Johnstone et son fils ont reproduit, en miniature, plusieurs hauts-lieux d'Écosse et d'Angleterre.

— Séparons-nous, déclare Max. On nous remarquera moins.

Guillaume, carnet en mains, se propose d'explorer de fond en comble ce musée en plein air. Il admire en passant le cadran solaire et jette quelques pièces de monnaie dans un puits dont les recettes vont à la Croix-Rouge. Pas superstitieux d'habitude, il formule, selon l'usage, un souhait: «Que cette aventure finisse en beauté».

Il se perd dans un labyrinthe dont les cloisons de verdure lui valent une légère attaque de claustrophobie. Il en émerge après des minutes interminables, grâce au secours d'un homme qui, truelle en main, réparait, non loin de là, les clochers gothiques d'une cathédrale d'York vingt fois plus petite que l'original.

Mortifié, Guillaume n'en oublie pas pour autant son métier. Il a tôt fait d'interviewer son sauveteur, le maître de Woodleigh, l'artisan de ces merveilles. Puis, jardinier amateur, il admire les plates-bandes multicolores, les pelouses épaisses comme des tapis. Il découvre un vieux manoir, une auberge à l'ancienne mode, une église campagnarde jadis célébrée par le poète Gray, le tout atteignant à peine la hauteur d'un homme.

Seul édifice plus élevé, le château écossais de Dunvegan, reproduit au tiers de ses dimensions véritables, impressionne fort le reporter. Il s'attarde longuement à la boutique de souvenirs, et choisit une aquarelle qu'il fait envelopper avec soin. Sur le paquet, il inscrit lui-même le nom de la destinataire:

«Mademoiselle Christine Ricard...»

Le reporter est déçu de ne pas retrouver son ami près de la maison de Shakespeare ou du château de Glamis.

Résigné, Guillaume retourne à la voiture et classe ses notes. Le rédacteur sera content du sujet choisi. Un instant, Verdier regrette de n'avoir pas emporté la machine à écrire, mais tant pis: ce soir, il rédigera son article. Se carrant sur la banquette, il fait la sieste, s'éveille longtemps après six heures.

Il s'impatiente: Ricard se croit donc tout permis! Faut-il l'attendre, aller à sa recherche?

En maugréant, Guillaume se dirige vers l'entrée principale, explique son but dans un anglais plutôt sommaire.

— Je regrette, monsieur. Les touristes sont tous partis. Il n'y a plus personne.

On le laisse quand même pénétrer dans l'enceinte. Alarmé, il parcourt vainement la propriété; il va renoncer à ses recherches quand des cris éclatent tout près. Redoutant le pire, le jeune homme gagne, au pas de course, le château de Dunvegan, d'où semble provenir le bruit. Du donjon s'échappe une âcre fumée qui flotte dans le ciel en volutes grises et des gens accourent, affolés.

*

Un peu plus tôt, Max, une fois seul, a dépassé la boutique de souvenirs et se mêle à un groupe de touristes, devant une maison carrelée de poutres noires, réplique de celle de Stratford-on-Avon où naquit, en 1564, William

Shakespeare. Un examen rapide ne révèle rien de suspect, et Ricard, sans hâte apparente, traverse un sous-bois en direction du château de Glamis.

Soudain, des pas pressés martèlent le sol. Un enfant surgit, bute sur Max qui, d'un geste prompt, le saisit par l'épaule, l'empêche de tomber. Précaution superflue car le gamin, déjà sale, n'y perdrait rien. Son gilet orné d'un écusson et d'une devise en latin, son pantalon de toile sont maculés de terre humide. Pourquoi donc, alors que l'herbe s'étend à perte de vue?

Le garçon fixe sur Max des yeux d'un bleu très vif. Un sourire espiègle laisse entrevoir des dents saines et bien droites. En anglais, il s'excuse, sans timidité. Manifestement, il ne se juge pas coupable. Puis, comme un oiseau prend son vol, il s'enfuit, courant de plus belle.

Max, brusquement, se glisse derrière une haie; un vieil homme vient à la rencontre de l'enfant, l'accueille avec effusion. C'est Henry Birke.

Il a sorti son mouchoir et, gauchement, essuie les mains du garçon, puis les vêtements tachés de boue.

Impossible de saisir les paroles qu'ils échangent, mais on devine, chez l'adulte, une affection inquiète, et chez son jeune compagnon, une confiance mêlée d'un je ne sais quoi de protecteur.

Max, satisfait, ne les suivra pas. Il rebrousse chemin, marche jusqu'au château d'où venait le coureur. Des tourelles aux toits de cuivre verdâtre surmontent les murs de pierres rondes, soudées de mortier; les créneaux, les meurtrières, les fenêtres à barreaux donnent à l'ensemble un air sinistre. Une impression de tristesse s'en dégage, surtout lorsqu'on évoque la légende, reprise par le dramaturge, du meurtre du Duncan.

Max s'est rapproché. De la terre rouge, piétinée depuis l'averse, attire aussitôt son attention. L'enfant s'est accroupi juste devant la porte du château.

À son tour, mais veillant à ne pas se salir, car on pourrait ainsi le repérer, Max se penche. D'une main, il abaisse le pont-levis; les chaînes grincent, et la herse, sorte de grille à contre-poids, monte lentement. D'un geste, le physicien fouille à gauche, puis à droite, la cavité triangulaire. Ses doigts, soudain, ont rencontré un objet plat, un livre, dirait-on. Sans même le ramener au jour, il a identifié le *Macbeth* qu'il avait, le matin même, en sa possession.

Pourvu que l'acteur n'ait pas jugé nécessaire de modifier son plan! Pas moyen de vérifier, car quelqu'un vient.

Ricard, vivement, se cache derrière les taillis. Une nuée de jeunes filles s'éparpille autour de la forteresse, d'autres curieux leur succèdent. Aucun ne fait mine d'examiner la herse.

Deux fois, Guillaume passe, à portée de voix, mais son ami n'ose l'appeler. Puis, c'est le silence. Les touristes ont quitté les lieux.

Le temps passe; déjà le soleil baisse à l'horizon et Max s'inquiète: va-t-il donc, sans résultat, s'attarder ici? Invité au dîner du lieutenant-gouverneur, il représente l'Université Laval, et ne peut se permettre de faire l'école buissonnière.

Il en est à ce point de ses réflexions quand éclatent les cris qui ont attiré Guillaume. Il hésite, puis prend le parti d'aller voir. Peut-être a-t-on besoin de secours, là-bas.

Le personnel de Woodleigh s'est rassemblé autour du château de Dunvegan. Cet édifice, long d'une vingtaine de mètres, représente un vieux manoir écossais trois fois plus considérable.

Le premier, Max se précipite à l'intérieur. Une odeur familière, qu'il ne parvient pas à identifier, se répand alentour. Personne dans les salles du rez-de-chaussée, décorées comme autrefois: on n'a dérangé ni les armures, ni les meubles d'époque. Il monte quatre à quatre l'escalier. À l'autre bout du couloir, une fumée dense s'échappe du dongeon, dont il tire la lourde porte. À ses pieds, s'ouvre une oubliette; et tout au fond, il distingue, à travers les volutes grises, un squelette — un faux squelette, espère-t-il. Mais l'impression, dans cette conjoncture, est saisissante.

Pourtant, il rit de bon coeur, car il a enfin reconnu la senteur caractéristique qui s'échappe du trou béant: celle de l'ancienne poudre à canon, qu'utilisent les étudiants espiègles. Max, chimiste amateur, ne dédaignait pas d'en fabriquer jadis, en mélangeant du salpêtre, du soufre et du charbon de bois.

Confus d'avoir été trompé par une ruse aussi grossière, il songe qu'on l'a écarté bien aisément de l'endroit qu'il prétendait surveiller. Son air sombre, lorsqu'il paraît sur le seuil, achève de semer la panique parmi les spectateurs. Seul Guillaume, hors d'haleine, mais rassuré, manifeste sa joie.

Sans un mot à l'adresse du journaliste, Max s'élance vers la réplique de Glamis. Il s'incline, glisse sa main sous la herse. Peine perdue; le livre n'est plus là. Dépité, il s'éloigne sans un regard en arrière. Verdier le suit.

— Je me suis fait jouer bêtement, avoue le physicien, tandis que la Volvo démarre en trombe sous son pied rageur.

D'une voix où frémit l'amertume, il conte son échec. Interrompant Guillaume, qui tente de le réconforter, il exprime son inquiétude.

— Qui m'a si aisément repéré? Qui a manigancé tout cela? Et les complices de Birke oseront-ils maintenant suivre jusqu'au bout les indications de leur partenaire?

À la tente, dont le décor se prête mal à des vêtements de cérémonie, Max n'a que le temps de se changer pour le dîner du lieutenant-gouverneur. Il ajuste sa cravate en maugréant:

— Je me demande si Frobisher renoncera à son chandail noir.

— Il le faudra bien, riposte Guillaume, qui se rengorge en veston de sport.

Le journaliste a rendez-vous avec une charmante photographe du *Charlottetown Observer*.

Max laisse son ami devant la maison de la jeune fille.

— Veux-tu que je vous conduise au restaurant? offre-t-il.

— Non merci. Je me débrouillerai.

Car le reporter craint, en Ricard, un rival dangereux.

— Nous nous retrouverons à la tente, jette Max, appuyant sur l'accélérateur.

7

Plaidoyer

Devant l'édifice de la Confédération, les spectateurs s'égaillent sur la terrasse. Ils allument une cigarette, commentent la comédie musicale dont la représentation vient de se terminer.

Max Ricard se faufile à contre-courant parmi les groupes et pénètre dans la salle encore brillamment éclairée. Les derniers spectateurs s'éparpillent à l'extérieur.

Il grimpe sur le plateau où l'on a recréé la cuisine de Green Gables, pièce agréable et gaie. Juste au-dessus, un pignon vert, qui peut basculer, masque la partie supérieure du décor à deux étages: la chambre d'Anne.

C'est là que l'indiscret se terre jusqu'au moment propice. Un quart d'heure après, il se glisse jusqu'aux loges des artistes.

Sur la troisième porte, un nom: Birke.

La poignée tourne et, promptement, Max entre, referme la porte derrière lui.

Il était temps: des pas, des voix résonnent dans le couloir, puis des «à demain» joyeux et le crépitement des commutateurs dans la salle.

Max est seul dans une petite pièce rectangulaire. Arrive-t-il trop tard? Non: il aperçoit, pendus à une patère, un complet gris, un chapeau; les vêtements de ville du comédien.

Et arrive Birke, alias Matthieu, toujours costumé en paysan. L'émotion l'anime encore et ce dédoublement que créé, chez le comédien, le rôle qu'il assume quelques heures. Soudain, il se fige, dégrisé; puis il détourne son regard, comme s'il voulait ainsi repousser l'importun.

— Vous ici! s'écrie-t-il, désemparé.

— Je viens, dit Max, vous remercier pour la serviette de cuir.

— Partez, murmure l'autre.

Il s'installe à la table, il commence à enlever son maquillage. Le visage, reflété dans le miroir, n'est pas celui d'un fermier. Sous les yeux de Max, Birke redevient un vieillard aux traits fins, au regard anxieux. Ses doigts crispés, ses gestes nerveux rélèvent son effroi.

— Sortez, répète-t-il, d'une voix sourde.

On frappe à ce moment. Max s'est caché derrière un paravent. Birke va-t-il révéler cette présence insolite? Non. Secondé par l'habitude du théâtre, il répond, le plus naturellement du monde, aux deux jeunes gens qui, avant de partir, viennent saluer le doyen de la troupe, et solliciter un conseil.

Max note le respect, l'admiration qu'ils manifestent, et la bonté avec laquelle l'acteur comble leur attente.

Ils s'en vont les derniers: acteurs, machinistes, tous sont partis; Max demeure seul avec Birke. Celui-ci paraît las, diminué. Son assurance tombe comme un manteau et, très bas, il demande:

— Que voulez-vous de moi?

— Vous devez conduire un homme à Rustico, je vous demande d'y renoncer.

— Personne ne lui fera de mal, on me l'a promis.

— Mais qui vous l'a promis?

— Ces gens que j'ai rencontrés.

— Oui, Jannis, bien sûr. Mais ce qu'ils feront de leur victime sera plus pénible que la mort.

— Je n'ai pas le choix.

— Vous êtes responsable de lui. On est toujours responsable des autres.

— Taisez-vous. Laissez-moi seul.

Ricard s'obtine et, feignant une assurance qu'il n'éprouve pas, il reprend:

— Le neuf août, à trois heures. Il reste si peu de temps.

Il a deviné juste, le trouble de Birke le prouve assez.

— Comment savez-vous? murmure-t-il.

Rapidement, Max récite:

— *Neuf fois neuf accablantes semaines. Trois tours pour toi et trois pour moi.* Rappelez-vous les sorcières...

L'acteur lève les yeux et, par le truchement du miroir, fixe le visage tendu du physicien. Le sang-froid habituel de Max fait oublier la violence qui l'habite. L'autre, fasciné, évoque quelque Hamlet que déchire l'angoisse.

Birke, d'un geste qui semble machinal, étend le bras.

— Ils sont venus tantôt, dit-il, et m'ont parlé de vous.

Brusquement, il entrouvre un tiroir, y plonge la main et, en une rapide volte-face, il pointe vers Ricard le canon d'un revolver.

— Vous en savez trop, dit Birke, tandis qu'une résolution inattendue se lit sur ses traits.

Max recule lentement:

— Ne tirez pas. Mon camarade Verdier alertera la gendarmerie, si je ne rentre pas.

— On ne pourra rien prouver.

— Et que ferez-vous de moi? Ce ne sera pas facile.

Comment l'acteur disposera-t-il d'un cadavre, ou d'un blessé, ce qui n'est guère moins embarrassant? Birke hoche la tête. Ses complices ne goûteront pas des complications de cet ordre.

— Songez à l'enfant, dit Max, persuasif. C'est à cause de votre petit-fils que vous agissez ainsi, n'est-ce-pas?

— Vous savez aussi cela! Mais l'enfant n'a personne au monde, je dois le protéger.

— Cette chose monstrueuse que vous allez faire restera entre vous et lui; même s'il ne l'apprend jamais, vous, vous ne pourrez l'oublier.

— Ils le tueront, si je n'obéis pas.

— N'y a-t-il pas d'autres moyens?

— Pas d'autres moyens, répète le vieillard.

— Si vous cédez cette fois, ils exigeront davantage. Il n'y aura plus de fin.

— Non!

— Où est l'enfant? dit Max, avec fermeté, sans prendre garde à l'arme braquée sur sa poitrine.

— L'enfant est en sécurité. Ils ne savent pas où je l'ai conduit et je ne le révélerai à personne.

— Il faudra continuer de vivre, insiste Max, avec ce que vous aurez fait, et ce que vous saurez. Rappelez-vous...

Et, pour éveiller la conscience endormie, il cite de mémoire ce passage de Macbeth:

— *Si, une fois fait, c'était fini, il serait bon que ce fût vite fait... si ce coup pouvait être tout et la fin de tout, ici-bas, rien qu'ici-bas, sur le sable mouvant de ce monde, je me jetterais tête baissée dans la vie à venir. Mais ces actes-là trouvent toujours ici-bas leur sentence. Les leçons sanglantes que nous enseignons reviennent, une fois apprises, châtier le précepteur.*

Cette foix ferme, vibrante, avec son accent français, ses inflexions qui accentuent encore le drame, cette voix bouleverse Birke. Malgré lui et parce que les mots collent à son désarroi, il riposte par un réflexe de comédien:

— *La justice à la main impartiale présente le calice empoisonné par nous à nos propres lèvres.*

Max, impitoyable, reprend un autre passage:

— *J'ai assez vécu: le printemps de ma vie est en proie à la sécheresse, aux feuilles jaunes...*

Birke, penché en avant, continue, d'une voix lointaine, la tragique lamentation du meurtrier:

— *De tout ce qui doit accompagner le vieil âge, le respect, l'amour, l'obéissance, les troupes d'amis, je n'ai plus rien à espérer...*

Il s'affermit, retrouve les accents de Macbeth, harcelé de remords: ces paroles récitées tant de fois, il les vit, il en est ébranlé jusqu'au fond du coeur:

— *Je n'ai plus rien à espérer; ce qui m'attend à la place, ce sont des malédictions muettes, mais profondes.*

Sa voix se brise et, lentement, comme à regret, il remet son arme dans le tiroir et, la tête sur son bras replié, il étouffe un sanglot.

— Quand vous irez me dénoncer à la police, on ne vous croira pas.

— Là n'est pas la question.

— On viendra m'arrêter; ces gens se vengeront sur l'enfant et sur vous.

— Je ne vous dénoncerai pas, dit Max, avec douceur. Aidez-moi. Dites-moi qui vous devez conduire à Rustico.

L'autre s'est raidi.

— Non, à cause de l'enfant.

Malgré les supplications de Ricard, il ne cédera pas.

— Je m'en vais, dit Max, de guerre lasse. Je reviendrai demain.

Et Birke demeure seul, terriblement seul avec sa détresse.

8

Balade sous la lune

De la lumière brille encore près de la tente. Dans l'îlot de clarté, Guillaume, à la cadence d'une chanson qu'il siffle entre ses dents, copie son article quotidien.

— Tu t'es amusé? demande Max.

— Ah oui! Et toi?

— Comme ci, comme ça.

— Tu rentres tard. Il est presque deux heures.

— Le moment idéal pour un bain de mer. Tu viens?

— Je te rejoindrai.

Max a enfilé son maillot. Une serviette sur l'épaule, il marche vers la plage, fredonnant l'air entendu tantôt.

C'est pour cette raison qu'il ne perçoit pas un bruissement à sa gauche. Lorsqu'il distingue des ombres découpées par le clair de lune, il est trop tard. Un violent coup sur la nuque le fait chanceler. Il tombe lourdement sur le sable dur. Avant qu'il n'ait le temps d'appeler au secours, quelqu'un lui enfonce dans la bouche un chiffon huileux. Étourdi, à demi asphyxié, il résiste encore; ses agresseurs le maîtrisent enfin, lui lient les poignets et les chevilles.

Dans la pénombre — ils prennent garde de ne pas exposer leur visage à la lumière — Max ne distingue pas leurs traits. Mais il n'oubliera plus leurs voix, auxquelles se mêlent les jappements du petit chien.

Le premier s'exprime, en un anglais laborieux que déforme un fort accent étranger.

— Il vaudrait mieux, dit-il, garder cet homme en vie; quand Macbeth emmènera l'autre, nos amis prendront les deux à la fois.

— Impossible. Le patron a ordonné de tuer celui-ci.

— Ce qu'il a dans la tête est aussi important pour notre cause.

— Peut-être bien. Mais eux, ils ne le savent pas. Contentons-nous d'obéir, sans poser de questions.

À demi étouffé par le bâillon, Max réserve son énergie pour une dernière tentative; quand ses adversaires se penchent pour se saisir de lui, il se débat encore. Mais ses forces l'abandonnent, car le manque d'oxygène le paralyse.

On l'emporte vers le quai, on le jette presque inanimé dans une chaloupe. Pourtant, l'un des complices s'obstine:

— Si la mer le ramène vers la rive...

— Je connais les courants. Cela prendra des jours. Vite, ce chien de malheur va alerter tout le monde.

Car le cabot, près de la maison, aboie toujours sa de voix fluette.

L'homme se penche pour débouer l'amarre, tandis que l'autre, revenu sur ses pas en quête des rames, va sauter dans l'embarcation.

*

Cependant, Guillaume, en route, vers le bureau de poste pour y déposer sa lettre, s'étonne. Pourquoi le chien tire-t-il ainsi sur la laisse? Quelle est la cause de ces jappements forcenés? Sachant Max à la plage, Guillaume regarde dans cette direction. Au bout du quai s'agitent des silhouettes qui se courbent. Et, plus près, sur le sable, une tache claire: la serviette blanche capte les rayons de la lune. Que se passe-t-il?

Verdier n'y comprend goutte; mais les situations extraordinaires exigent des solutions extraordinaires. Un promeneur en maillot de bain n'est pas à son avantage pour une action d'éclat; celui-ci, pourtant, affronte le roquet qui gronde et s'énerve de plus belle.

D'un coup sec, Guillaume casse la corde mince qui le retient.

Le chien, hors de lui, s'élance vers la plage avec beaucoup de courage. Guillaume, moins rapide, le suit de loin et le voit qui bondit autour des malfaiteurs. Ceux-ci s'apprêtaient à s'embarquer. Ils sont impuissants à retenir la chaloupe qui dérive vers le large.

Un animal plus gros leur donnerait moins de mal que cette petite bête. Plus vive qu'eux, elle évite les coups de rame et s'agrippe à leurs vêtements.

Les aboiements aigus ont ameuté le voisinage. Des lampes s'allument ici et là, des gens accourent en tenue de nuit. Le temps est venu de juger des modes nocturnes de l'endroit. Le plus remarquable du groupe, c'est le maître de la maison, gros homme en pyjama écarlate: Guillaume n'en attendait pas moins de lui.

Des groupes se forment près des habitations. On n'ose d'abord s'aventurer jusqu'au quai, on discute, on commente, et les pourparlers ne finiront pas de sitôt.

Le journaliste, lui, n'hésite pas. Il s'est jeté à l'eau, le plus silencieusement possible; il nage vers la chaloupe que la marée baissante attire vers la pleine mer.

Par un rétablissement vigoureux, il réussit à embarquer auprès de son camarade; il lui arrache le bâillon malodorant, tranche les liens à l'aide d'une vieille boîte de conserve. Max réagit à peine, et Guillaume le secoue sans ménagement: il ne faut pas perdre une seconde. Les gens, maintenant sur le quai, montrent du doigt la chaloupe qui s'éloigne; déjà l'on détache une autre esquif pour la rattraper.

Sans rames, aucun espoir pour les deux amis de regagner la plage par leurs propres moyens. Attendre qu'on les prenne en remorque exigerait bien des explications. Guillaume ne comprend pas grand-chose à l'affaire; mais il connaît le souci de discrétion qui anime Ricard.

Une seule solution: fuir à la nage. Mais c'est vite dit. Une ceinture de sauvetage traîne sous la banquette. Le reporter l'enfile à son compagnon, en boucle lui-même les courroies, puis il pousse son camarade par-dessus bord, et plonge à son tour.

Ragaillardi au contact de l'eau, Max cherche à gagner la rive. Mais il avance trop lentement au gré de Guillaume. Après des minutes qui semblent interminables, ils abordent, à bonne distance des badauds. Ils se reposent, à bout de souffle, sur le sable fin.

Des exclamations leur apprennent bientôt qu'on a rejoint l'embarcation. Les deux complices ne s'expliquent pas la disparition de leur victime, mais ils s'en félicitent. Comment auraient-ils justifié la présence d'un homme ligoté au fond de la chaloupe? Ils ont le beau rôle, pestant contre le chien qui, assurent-ils, les a attaqués sans provocation. Tout se règle à l'amiable, et chacun rentre chez soi.

Il fait froid sur la plage, bien plus froid que dans l'eau. Guillaume, lui-même transi, craint surtout pour son camarade; après un tel choc, Max risque une pneumonie. C'est pourquoi, dès que le calme semble revenu, le reporter propose:

— Rentrons maintenant.

Il n'a pas mis son article à la poste. Tant pis, le journal s'en passera; ce n'est pas le moment de laisser Ricard seul.

La lampe Coleman répand dans l'abri de toile une chaleur réconfortante. Guillaume prépare du thé fort que les campeurs dégustent en causant. Max raconte brièvement l'attaque dont il a été l'objet. Guillaume complète l'histoire et termine par un souhait impatient:

— Cette fois, te décideras-tu à prévenir la police? Demain matin, nous irons...

— Pas le temps, interrompt Max. Demain, je lirai ma communication au congrès.

Chaque jour, l'un des physiciens présente un résumé de ses travaux, et l'on a invité Max à exposer ses hypothèses sur les ondes lumineuses. Avec raison, il redoute l'opposition de collègues plus conservateurs, et cette inquiétude éclipse, pour l'instant, toutes les autres.

Guillaume ne se résigne pas:

— Eh bien, je patienterai quelques heures, voilà tout.

— Je ne veux pas donner l'éveil avant de revoir Birke.

— En attendant, ces tueurs vont recommencer.

Guillaume songe à prévenir l'inspecteur Audry, pour l'engager à intervenir. Le journaliste n'éprouve aucune sympathie envers le policier; lui téléphoner, à l'insu de Max, répugne, en outre, à son sentiment de loyauté.

Il tente un dernier effort:

— Allons au bureau de la Gendarmerie royale, à Charlottetown. Nous n'avons plus le droit de nous taire.

— Birke n'a rien fait d'irrémédiable, il peut encore se racheter.

Inutile de mentionner l'épisode du revolver au fougueux reporter qui s'écrie:

— Pourquoi ces ménagements?

— Parce qu'arrêter Birke ne résoudra rien. Je veux qu'il évite cette expérience désastreuse. Il en souffrirait trop. Nous pourrons, de plus, grâce à lui, découvrir tout le réseau.

Averti par l'expérience, le reporter constate:

— Toi, tu as une idée derrière la tête.

— Et tu m'aideras à la mettre à exécution, répond le physicien. C'est à cause de son petit-fils que Birke obéit à Jannis. Il nous suffira de retrouver l'enfant.

— Facile à dire!

— Je sais où il est, vois-tu. L'autre jour, quand je l'ai rencontré à Woodleigh, il portait un gilet orné de l'écusson d'un camp de vacances, celui de Wampum.

— Mettons que tu déniches ce garçon, à quoi cela servira-t-il?

— Nous allons le kidnapper.

9

Les ravisseurs

Le lendemain, c'est Guillaume qui semble mal en point. Il tousse, il éternue. Max, frais et dispos, évite avec tact de lui rappeller ses pronostics de maladie.

Il a lui-même des tracas d'un autre ordre: le texte qu'il présentera à la réunion, basé sur l'intuition et la logique, est fortement étayé de recherches en laboratoire. Mais le conférencier en est à sa première expérience: comment réagiront ses collègues? La communication, il le pressent, a une allure trop hardie pour ne pas susciter des remous, voire une opposition acharnée.

D'ordinaire adroit, il renverse l'eau, casse un manche de hache. Guillaume, riant sous cape, propose:

— Allons chez notre propriétaire. Tu oublieras ton trac.

Le pêcheur, heureux de commenter les événements de la nuit, s'informe:

— Le bruit ne vous a pas éveillés?

— Du bruit? répète innocemment Guillaume.

On invite à l'intérieur ces campeurs trop naïfs, on les régale d'un récit détaillé. Vers une heure, paraît-il, deux marins inconnus accostaient au quai. Le chien, rompant sa laisse, leur a sauté dessus. Le charivari ameutait le voisinage. C'est merveille que les touristes aient pu dormir malgré le vacarme.

— On a eu du mal à rattraper la chaloupe qui filait avec la marée, conclut le brave homme; et l'on sent que l'anecdote ira s'amplifiant d'un auditeur à l'autre.

Le chien, héros de l'aventure, quête une caresse. Max, chaleureux, le gratifie d'une tape amicale.

*

Verdier, n'assiste pas, bien entendu, à l'exposé de son ami. Vers cinq heures, ce soir-là, il se rend, avec d'autres journalistes, à un cocktail offert à la résidence du lieutenant-gouverneur pour clore le congrès. La réception a lieu dans l'immense parc entourant la maison de bois blanc. la mer, toute proche, brille entre les troncs des bouleaux.

Jamais Guillaume n'a vu de pelouses mieux entretenues qu'en cette île verdoyante, et s'intéresse plus aux fleurs qu'aux invités.

Il ne prête d'abord qu'une oreille distraite aux propos émaillés de termes scientifiques. C'est un langage qu'il ignore. Par petits groupes, les savants discutent ferme, commentant les réunions de la journée. Les idées de Ricard, à la fois simples et révolutionnaires, ont eu l'effet d'une bombe. Les physiciens prennent parti pour ou contre.

Une étrange colère les anime, les voix montent, les gestes deviennent plus brusques. «On croirait qu'ils vont se battre» constate Verdier. Une fois de plus, il lui faut corriger l'image qu'il s'était faite des savants, êtres paisibles et distraits. La forte personnalité de son ami avait d'ailleurs ébranlé cette opinion.

«C'est bizarre, songe Guillaume. Quand l'un d'entre eux s'attaque aux théories acceptées, voilà tous ces experts en effervescence, comme un essaim d'abeilles dont un gamin aurait troublé la ruche.»

Ricard, tout au centre de la mêlée, n'a rien perdu de sa verdeur, de sa simplicité. On fait cercle autour de lui, on le questionne avec une sorte de déférence, mêlée, pour plusieurs, d'animosité.

Deux pôles régissent les commentaires passionnés, le mépris ou l'admiration. Guillaume apprécie hautement ces divergences. Frobisher, rouge, furieux, brandit une canne menaçante et Ricard, à peine plus paisible, le contredit.

«C'est le vieux Max qui réapparaît», se dit Verdier.

Mais, formulant cette réflexion, il en perçoit la fausseté.

Le vrai Max, le voilà, discutant de physique avec ses pairs. Cet accent d'autorité ne trompe pas. Repris par son travail, il ne se soucie de rien d'autre. Tant mieux, il oubliera ses projets utopiques, espère le reporter.

Guillaume se trompait. Il s'abandonne à d'amers regrets tandis que la Volvo file sur la grande route, une heure plus tard.

— Tu sais, cette expédition me déplaît, déclare-t-il.

— Bah! répond le physicien, il s'agit de sortir l'enfant de ce bourbier pour le mettre en lieu sûr.

— Dans notre tente? Je vois ça d'ici.

— Enlevons-le d'abord. Nous verrons ensuite.

— Cette histoire peut nous mener en prison, tu t'en rends compte?

— Parfaitement. Mais Audry nous tirera d'affaire. C'est son métier.

— Mieux vaudrait le prévenir. Pourquoi ne pas lui téléphoner à Québec, lui demander conseil?

— Lui demander conseil? Je sais très bien ce qu'il dirait, et ce que je veux faire.

Un silence, puis Max reprend:

— Nul ne saura où se cachera l'enfant, sauf nous. Alors, plus de chantage possible.

La voiture, soudain, fait un écart:

— Je l'ai! Nous conduirons le gamin chez Johnnie.

Heureux de sa trouvaille, il tourne le bouton de la radio, et c'est lui qui fredonne le refrain du chanteur à la mode. Guillaume, l'air réprobateur, comprend qu'il est inutile d'insister. Max se juge responsable de Birke. Au nom de quel conformisme faut-il le rappeler à la raison?

On approche de la mer. Sur une arche d'épinettes, on a cloué une affiche:

Camp Wampum
For boys

Un chemin de terre battue se perd dans la forêt. Max s'y engage sans ralentir, louvoie pour éviter des trous et freine devant une hutte longue et basse, en bois rond.

Il frappe et, sans attendre de réponse, pénètre avec aplomb dans un vestibule un peu sombre. Un homme d'âge mûr, alerte et jovial, vient à sa rencontre.

— Monsieur le directeur? demande Max, avec cordialité.

— Oui, monsieur. Vous avez trouvé notre domaine sans trop de difficulté?

— À l'hôtel, on m'a donné une brochure, avec des indications précises pour atteindre Wampum. Je suis Max Ricard, un ami d'Henry Birke.

— Ah oui! Son petit-fils est l'un de nos campeurs.

— Oui. Monsieur Birke joue dans *Anne of Green Gables*, vous ne l'ignorez pas. Il nous envoie chercher le garçon qui pourra assister, demain, à une représentation en matinée.

— Nos règlements interdisent de laisser partir un campeur sans une autorisation écrite.

— Vous avez raison.

Et, dernier recours, qu'il aurait voulu éviter, Max exhibe une lettre écrite à la machine; tout est là, même le nom d'Henry Birke, tracé en un paraphe impressionnant, Ricard n'a pas tenté d'imiter une signature qu'il n'a d'ailleurs jamais vue.

Guillaume semble figé par la surprise. Son compagnon n'avait pas soufflé mot du billet que le directeur lit à mi-voix.

— «Retenu en ville par mon travail, j'autorise Max Ricard, le porteur de ce massage, à ramener mon petit-fils à Charlottetown pour voir *Anne of Green Gables*».

Le physicien ne sait même pas le nom de l'enfant et craint des questions qui révéleraient la supercherie. Mais il redoute encore davantage de perdre cette lettre compromettante, et tend la main avec autorité.

Machinalement, le directeur la lui remet, avant d'annoncer:

— Je vais appeler l'enfant.

— Puis-je me servir du téléphone?

Et, du bureau même du directeur, Max prévient Johnnie de sa mission.

Bientôt arrive, au petit trot, un garçon de dix ans, au long nez, au regard intelligent.

— Henry, dit le directeur, voici monsieur Ricard, un ami de ton grand-père.

L'enfant porte donc le même prénom que le comédien.

— Bonsoir, monsieur, dit-il avec une légère trace d'hésitation, car il bégaie un peu. Nous nous sommes déjà rencontrés, je crois.

— En effet, répond Max, qui n'en attendait pas tant.

Ce gamin au regard vif lui facilite la tâche.

— Monsieur Ricard te conduira à Charlottetown, explique le directeur.

— N'emporte pas de bagages, c'est une affaire de quelques jours, assure Max.

Des campeurs entourent la voiture sport, assaillent de questions le journaliste qui affiche un air de modestie.

Henry grimpe sur la banquette arrière. Ses amis lui font une ovation quand la Volvo démarre, puis accélère avec un ronron puissant, destiné justement à impressionner les spectateurs.

— Monsieur Ricard, vous êtes sûr que mon grand-père va bien? s'informe le garçon.

— Bien sûr. Pourquoi le demandes-tu?

— C'est que... il semblait inquiet l'autre jour. Il m'a même défendu de lui écrire. Aurait-il des ennuis?

— Tu as bien deviné.

Un silence.

— Tu as entendu parler, poursuit Max, d'enfants enlevés à leurs parents?

— Oui, monsieur, répond Henry, dont l'intérêt s'éveille.

— Eh bien, c'est ton cas.

— Moi? Chic alors, riposte le gamin. Où me conduirez-vous?

— Chez Johnnie, un ami à moi.

Sérieux, cette fois, le physicien explique la situation, prenant bien garde de ne pas entamer l'admiration du petit-fils.

— Des gens veulent nuire à ton grand-père et se servir de toi pour l'obliger à commettre une action mauvaise.

— Il ne leur obéira pas, bien sûr, proteste le garçon avec feu.

— Tout deviendra plus facile pour lui si tu disparais quelques jours. Il faut me promettre de ne communiquer avec lui ni par lettre, ni par téléphone.

— Bien sûr.

— Chez Johnnie, tu resteras à l'intérieur de la maison, sans te montrer jamais. Je te préviendrai quand tu pourras revenir.

— C'est entendu, dit le gamin, que l'aventure enchante.

D'emblée, il sent que ses ravisseurs cherchent à aider Birke. Marque suprême de confiance, il déclare:

— Mes amis m'appellent Hotspur.

— Hotspur? répète Guillaume, intrigué.

— Le nom te va à merveille, dit Max; c'est une idée de ton grand-père?

— Me dira-t-on qui est Hotspur? grogne Verdier.

Il n'est pas près de pardonner le truc de la lettre.

— Hotspur est le nom d'un personnage de Shakespeare, dit le garçon. Héritier d'un homme de théâtre, il explique:

— C'est le fils du duc de Northumberland, il est jeune, courageux, et casse-cou.

Sans trace de bégaiement, il récite, d'une voix déjà disciplinée, ce passage où Hotspur décrit un complot contre le roi Henri IV:

— *I protest, our plot is as good a plot as ever was laid; our friends true and constant: a good plot, good friends, and full of expectation.*

Max traduit pour son camarade, car la conversation se déroule en anglais.

— *J'insite, notre complot est aussi bon que tout autre; nos amis sont sincères et persévérants; un bon complot, de bons amis, de grandes espérances.*

L'enfant, dès qu'il découvre la profession de son nouvel ami, le harcèle de questions. Aussitôt s'engage une discussion technique sur les satellites artificiels. Max en explique le fonctionnement en termes simples et précis. Il s'emflame, décrit avec force détails une rampe de lancement qu'il a visitée l'année précédente au cap Kennedy.

— Quand tu partiras en fusée, dit le journaliste, taquin, je ferai un reportage pour le *Québécois*.

— D'accord, riposte Max qui, lui, ne plaisante pas. Jamais un physicien de métier n'a fait d'observations dans des conditions d'apesanteur. J'espère y parvenir un jour.

Verdier découvre ainsi l'un des rêves de son camarade.

«Avec ses qualifications et son entraînement sportif, il est bien capable de réussir» songe-t-il, atterré.

Une toux persistante l'empêche toutefois de protester. Max, plein de sollicitude, lui offre des dattes et des pruneaux secs. Cette passion pour les fruits a quelque chose d'insolite aux yeux du journaliste.

— Tu n'as rien de mieux à bord?

— Ils ne donnent pas la soif et sont remplis de vitamines. Nous en apportons toujours aux rallyes.

Guillaume remarque soudain que, deux fois de suite, Max accélère puis ralentit, sans raison apparente. Et, toujours, une Ford grise se maintient à égale distance de la Volvo, Max, imperturbable, pousse la voiture jusqu'à cent cinquante à l'heure. La Ford, essoufflée, disparaît à l'horizon.

— La police nous prendra en chasse, jette Guillaume, inquiet.

Soudain, quelques maisons, une église au toit blanc: c'est un village de pêcheurs. Devant l'épicerie, se profilent, dans la lumière crue d'un réverbère, des pompes à essence et une vieille jeep qui sert de remorqueuse.

En un tournemain, Ricard range la Volvo dans un terrain vague, à l'abri des regards.

— Guillaume, dit-il, va t'acheter des pastilles contre le rhume, et toi, Hotspur, du chocolat. Retenez le propriétaire le plus possible.

Resté seul, Max enlève son veston et sa cravate. En deux bonds, il est près de la jeep, en soulève le capot. Il se barbouille de cambouis le visage et les mains; puis, d'un mouvement souple, il se glisse à demi sous la voiture.

La Ford passe en trombe. Ses freins gémissent; elle recule, et le conducteur se penche à la portière. Sous la jeep, on n'aperçoit que deux longues jambes et de gros souliers.

— Eh! vous, là-bas, appelle l'automobiliste.

Sans hâte, Max émerge de sa cachette. Il ne ressemble guère au physicien qui, le même jour, étonnait ses confrères par ses théories originales.

— Vous avez vu une Volvo? demande l'homme, qui ne se méfie pas de ce garagiste si occupé.

C'est la voix d'un des agresseurs, à la plage, la veille. Max prend le temps de bien observer les deux occupants de la voiture. L'un, trapu, a les cheveux noirs, le menton anguleux. L'autre, plus élancé, fixe sur le physicien des yeux très pâles, à demi masqués par de lourdes paupières. Des personnages peu rassurants, somme toute. Et sûrement pas ces pêcheurs rudes et costauds que Max s'attendait à rencontrer.

Il ne se presse pas de répondre. D'un geste vague, il indique la droite:

— Une auto a filé, allant par là. Je travaille, moi, je n'ai pas vu si c'était une Volvo.

Déjà, on ne l'écoute plus. La Ford s'éloigne. Max, paisiblement, s'essuie de son mieux avec un mouchoir et klaxonne pour rappeler ses compagnons.

— Que t'arrive-t-il? demande Guillaume.

Pour ne pas effrayer l'enfant, Max conte drôlement son aventure. Guillaume s'est renfrogné. Hotspur, ravi, offre à la ronde des bonbons aux amandes.

Au carrefour suivant, on tourne à gauche pour atteindre le village de Tracadie. Voici la maison grise au porche jaune, juste à côté du bureau de poste. Pas d'erreur possible, c'est bien là qu'habite le jeune cambrioleur.

— Tu passeras quelques jours ici, explique Max, puis nous viendrons te chercher.

Hotspur fait la grimace:

— C'est nécessaire?

— Nous n'avons pas le choix. Tu t'entendras bien avec mon ami.

Hotspur franchit les quelques pieds qui le séparent de la maison. La porte s'ouvre, on aperçoit la silhouette dégingandée de Johnnie, puis les deux garçons disparaissent derrière la porte close, sans un geste vers les automobilistes.

— Bien joué, note Ricard, pour le cas où quelqu'un nous observerait.

— Il est plus en sécurité seul qu'avec nous, ajoute Verdier, morose.

— Rentrons, conclut Max, nous pourrons désormais traiter sans entrave avec Birke.

10

Un tour de chant

Le voyage ne va pas se terminer ainsi.

À quinze milles de Charlottetown, la Volvo est de nouveau prise en chasse, aux abords de la ville. Max ne réussit pas, cette fois, à distancer la Ford. Puisqu'il ne peut dépister les adversaires, il leur tendra un piège à sa façon.

Au bord de la route brille une enseigne de néon: *Duffy's Corner*. Garçons et filles fréquentent ce restaurant devenu le soir leur endroit de prédilection. Max laisse la voiture bien en vue devant le perron. Il n'a pas le temps d'expliquer son plan à Guillaume, et c'est peut-être mieux ainsi.

Ils pénètrent dans la salle où flotte la fumée des pipes et des cigarettes. Un *juke-box* emplit la pièce des éclats d'un air à la mode. Des jeunes dansent, d'autres dégustent sandwiches et boissons gazeuses. Max a vite remarqué un homme d'âge mûr, affairé derrière le comptoir.

— Monsieur Duffy? demande le physicien, qui a noté au passage le nom du propriétaire.

— Oui, c'est moi.

— Nous sommes des musiciens en vacances.

«Cet alibi en vaut bien un autre» se dit Verdier, avec une pointe d'étonnement.

— Si cela vous plaît, continue Max, nous présenterons notre spectacle à vos clients.

Duffy n'a pas d'habitude le moyen de payer des artistes en chair et en os; ses yeux brillent de convoitise.

— Vous chantez tous les deux?

— Non, moi, je joue du piano.

Et, désignant Guillaume, il ajoute traîtreusement:

— C'est lui qui chante.

Honneur périlleux que celui-là, et Verdier, qui va d'une surprise à l'autre, reste bouche bée.

— Comment vous appelle-t-on? demande Duffy, tout excité.

— Les «Voyageurs», improvise Max, qui s'amuse ferme. Vous connaissez notre nom, sans doute?

— Vaguement; cela me dit quelque chose.

Mieux vaut ne pas froisser ces musiciens tombés du ciel.

— Je vous engage pour deux représentations, déclare Duffy; l'une tout de suite, et l'autre à onze heures. Je vous paierai bien.

Et il mentionne un chiffre dérisoire. Guillaume, qui s'est ressaisi, fait la moue:

— C'est un cachet de débutants.

— Je ne vous ai jamais entendus, proteste l'homme.

— Est-ce à nous de nous priver du cachet que nous méritons à cause de votre ignorance? renchérit le reporter.

Max s'inquiète: «Guil va-t-il tout compromettre?»

— Nous acceptons, tranche-t-il à la hâte. Accordez-nous quelques minutes pour régler les derniers détails du programme.

Car, du coin de l'oeil, il a vu entrer les deux occupants de la Ford.

Ces quelques instants de conciliabule, Max s'en passerait volontiers. Guillaume, furieux, l'accable de reproches, et le physicien ploie la tête sous l'orage, pour dissimuler un sourire.

— Nous filons par la fenêtre, je suppose, conclut le journaliste.

Max n'est pas d'accord:

— On nous retrouverait trop tôt.

Mais la nouvelle s'est vite répandue dans la salle et Duffy vient chercher ses artistes pour les présenter au public. Guillaume a l'air d'un forçat.

— Moi, chanter en anglais devant tant de monde, tu n'y penses pas. Et mon accent...

— Tu n'y connais rien. Ton accent leur plaira. Et puis, tu n'as qu'à chanter en français, glisse Max, pour le réconforter.

Un peu à l'écart, à l'angle de la salle, les deux hommes de la Ford, comme quelque apparition échappée d'un conte d'Edgar Poe, guettent leur proie.

Guillaume, pour combattre le vertige où l'ont plongé les événements, se cramponne au micro comme s'il allait se noyer. Max s'installe au piano et la représentation commence, d'abord un peu floue. Max, vigoureusement, plaque quelques accords qui produisent le meilleur effet sur un auditoire déjà enthousiaste.

Guillaume est doué d'une voix forte et juste, sinon harmonieuse, et «plonge dans le bain»:

Vivaient dans mon village
  Trois filles bien jolies
  Charmantes et pas volages
  Qui cherchaient un mari...
  ... Et chantait le vent
  Et chantait le vent dans le pommier
fleuri.

Quand il oublie les paroles du couplet, il répète les mêmes, il en invente d'autres. Ses spectateurs ne lui en tiennent pas rancune.

Son répertoire français épuisé, il continue sans vergogne en anglais, et l'enthousiasme est décuplé.

S'il paraît hésiter, si une quinte de toux l'interrompt, Max, prenant la relève, siffle un air endiablé. L'accompagnement sommaire, forcément plein d'imprévu, plaît aux jeunes par son entrain. Guillaume, de plus en plus enroué, engouffre ses pastilles, et Max, d'une voix de stentor, annonce le dernier morceau.

Les spectateurs applaudissent et l'on apporte des sandwiches aux deux héros. Guillaume, l'appétit coupé, regarde avec envie son camarade qui, parfaitement détendu, fait honneur au repas.

L'homme au visage anguleux s'est éclipsé pendant un bon moment. Il revient, l'air déçu, et rejoint son complice. Onze heures. La seconde représentation commence. Guillaume prend goût à ce nouveau métier, il improvise, dans son anglais pittoresque, un monologue éblouissant.

Il commente avec brio le journal du matin: actualités, sports, carnet mondain, spectacles, tout y passe, même le congrès en cours; il mime la morgue de Frobisher, les froncements de sourcils de l'un, l'accent nasillard de l'autre, et, pour conclure, la fougue de Max, et ses gestes impérieux quand il discute de physique.

Guillaume doit répéter ce numéro, avec des variantes, il va sans dire. Quand il se tait, exténué, les spectateurs se précipitent vers la scène.

Verdier, pratique, se rapproche de Duffy qui brandit une enveloppe. Max, du coin de l'oeil, a vu le manège. Il semblera plus naturel d'accepter l'argent promis, avant que les artistes ne disparaissent à jamais...

Le propriétaire, criant pour dominer le tumulte, tente de retenir les services des «Voyageurs» pour la semaine suivante. Guillaume, incapable de saisir les paroles, fait oui de la tête, car il déteste contrarier les gens; cela créera, dans l'esprit du restaurateur, une regrettable confusion.

Stylo en main, blondes, brunes et rousses réclament des autographes et présentent des menus que Guillaume, flatté, signe d'illisibles jambages.

Max, plus précis, a toisé ses gens et, sur le papier qu'on lui tend, il trace d'une écriture ferme:

Retenez les deux hommes à la table du coin.

Cinq fois, dix fois, il répète ce message, et ces feuillets circulent de l'un à l'autre. Insensiblement, les adversaires de Max se trouvent encerclés par un cordon de jeunes d'allure décidée.

Ricard, passant près du comptoir, glisse dans sa poche quelques sachets de sucre.

— As-tu peur de mourir de faim? chuchote Guillaume, suivant son ami vers la porte.

Ils traversent les groupes qui se referment derrière eux et les voilà dehors. Leurs poursuivants tentent de se faufiler parmi les jeunes qui, comme par hasard, leur bloquent le passage.

Max cherche des yeux la Ford, placée un peu à l'écart, en position pour un départ précipité. Il s'approche, et vide dans le réservoir d'essence le sucre dont il s'est muni.

Puis il rejoint Guillaume qui s'impatiente, et la Volvo roule lentement sur la chaussée.

— Plus vite, conseille le reporter.

Le physicien redoute un acte de sabotage. Mieux vaut se montrer circonspect.

— Ils ne nous rejoindront pas de sitôt. Les moteurs n'aiment pas le sucre, ça les empêche de tourner.

— Tu crois que ces oiseaux ont fouillé la voiture?

— Oui, répond Max, l'oreille tendue pour écouter le ronflement de la machine.

Rassuré, il accélère et explique:

— Heureusement, ils n'ont rien abîmé; Dulin n'aurait pas goûté la plaisanterie.

Puis, narquois, il ajoute:

— Ils n'ont pris que le mouchoir taché d'huile.

Il se figure assez bien la rage de ses poursuivants, s'ils ont compris l'identité du pompiste qui les a renseignés.

À bonne allure, il file dans la campagne plate, et là-bas, toujours, danse la mer.

— C'est dommage, dit Guillaume, je ne pourrai écrire un article sur notre tour de chant à *Duffy's Corner*.

Max veut ralentir pour amorcer un virage, mais les freins ne mordent pas. La voiture tourne sur deux roues, évite de justesse un camion lancé en direction contraire et, son élan épuisé, s'immobilise le long d'une haie.

Max, les mains crispées sur le volant, tempête:

— J'aurais dû prévoir cela.

Claquant la portière, il saute sur le sol. Le rayon de sa lampe de poche perce la nuit. Sur l'asphalte s'écoulent encore quelques gouttes luisantes, les dernières; dès que Max a appliqué les freins, l'huile a giclé partout.

Il se glisse sous la voiture, examine les conduits qui se croisent sous la carrosserie. Il étouffe une exclamation: quelqu'un a scié le mince tuyau qui achemine l'huile des freins. Mais le dommage, à tout prendre, n'est pas grave, puisque l'attentat a échoué.

— La trousse de secourisme, demande-t-il au journaliste.

Avec un bout de diachylon, le physicien effectue une réparation de fortune. À sa demande, Guillaume déniche, dans le coffre, une réserve d'huile à moteur de densité supérieure; jusqu'au prochain garage, il faudra s'en contenter... Ce talent de mécanicien étonne Verdier.

— Dans un rallye, explique Max, on ne peut compter que sur soi. Il faut apprendre à bricoler.

S'essuyant les mains, il ajoute:

— Une automobile, c'est beaucoup plus simple qu'un accélérateur d'électrons.

Les deux amis se croient au bout de leur peine, mais non! Dès qu'ils ont repris la route, une moto survient.

— Nos amis de tantôt ont dû téléphoner à leur partenaire, constate Guillaume.

Des lunettes masquent le visage du pilote. Derrière celui-ci s'agrippe un passager qui, le bras tendu, braque une arme sur la Volvo. Des coups de feu éclatent par-dessus la pétarade des moteurs.

— Il va abîmer la voiture, grommelle Max, qui appuie à fond sur l'accélérateur.

Et Guillaume, accroupi sur la banquette, voit osciller l'aiguille: 100-120-150-180 à l'heure...

Le moteur gronde, son mugissement de bête déchaînée emplit l'univers.

— Voiture magnifique, lance Max, avec un accent de triomphe.

La moto, de seconde en seconde, perd du terrain.

Une courbe se dessine très loin à l'horizon; les poteaux téléphoniques cinglent le ciel à droite et à gauche de la Volvo. «Il va falloir ralentir, songe Guillaume, le coeur battant. Le bout du diachylon va-t-il tenir le coup?» On risque de s'écraser contre un arbre, de capoter sur un remblai.

— Ils reviennent, s'écrie Max, apercevant une moto dans le rétroviseur.

La même? Impossible. Celle-ci, bien plus puissante, appartient à la Gendarmerie royale qui, dans les provinces maritimes, constitue la police de la route.

Max n'a guère le loisir de songer à cette nouvelle complication. Il applique les freins, d'abord en douceur. Quelques pouces de diachylon suffiront-ils à éviter la catastrophe? La voiture frémit de toutes parts et, menée de main de maître, retrouve une allure normale, pour s'arrêter, en même temps que le policier. Celui-ci, très jeune, a le visage livide:

— Vous auriez pu vous tuer, lance-t-il. Vous êtes diablement chanceux, ou bien vous conduisez comme un champion.

«Un peu des deux» se dit Guillaume.

— Vous allez me suivre au poste, ajoute l'agent.

Max acquiesce. Le moyen de refuser? D'ailleurs, cette escorte éloignera les malfaiteurs.

L'un suivant l'autre, les deux véhicules longent l'avenue Elm, ombragée par les ormes qui lui ont valu ce nom. Cette artère, qui mène jusqu'à Summerside et Borden, sur la côte, se transforme, sans qu'on sache trop pourquoi, en route Malpèque. Et Verdier, gastronome, évoque les huîtres succulentes qui font la gloire de la région.

Les phares de la Volvo captent soudain, sur un panneau, d'immenses lettres: *R C M P* et, en dessous: *Royal Canadian Mounted Police. Gendarmerie Royale du Canada.* Un édifice, assez vaste, mais d'allure toute simple, abrite les bureaux de la Gendarmerie.

Guillaume, nerveux, s'étonne du sang-froid de son camarade. Celui-ci observe gens et choses avec un mélange de détachement et de curiosité.

11

Audry en colère

Dans les bureaux de la Gendarmerie royale, route Malpèque, Ricard et Verdier, laissés à eux-mêmes, attendent depuis plus d'une heure. On a vérifié leurs papiers et ceux de la voiture; une accusation de conduite dangereuse pèse sur Max. On enquête maintenant afin de découvrir s'il a volé la Volvo, enregistrée au nom d'un certain Dulin, de Québec.

Guillaume bâille au plafond, soupire, agite les jambes. Il lorgne la pendule, dont les aiguilles indiquent trois heures du matin. Calmement, Max griffonne, dans son inséparable carnet; quelques notes ayant trait à cette aventure, peut-être? Ou s'est-il replongé dans la physique?

Intrigué, Guillaume se penche pour mieux voir. Son compagnon dessine; on dirait un avion, avec des ailes démesurées. Alentour, des chiffres, des courbes harmonieuses. De quoi peut-il s'agir?

Ricard lève les yeux:

— C'est un planeur, que je construirai avec un ami.

— Ah! fait Guillaume.

Lui-même est un terrien, en butte au vertige. Le vol à voile ne l'attire pas. Cet aveu pénible lui sera épargné, car un officier survient.

L'interrogatoire recommence, ennuyeux, détaillé. Max répète que Dulin lui a prêté la Volvo. Mais comment prouver cela, puisque l'industriel voyage en Europe? Cette déclaration arrache au policier un grognement incrédule. Non, il n'est pas près de relâcher cet insolent.

Ricard, l'oeil en feu, répond trop vertement, car il s'impatiente. Il se résout aux grands moyens:

— Vous connaissez l'inspecteur Audry, de Québec?

— De réputation seulement.

— Il répondra de moi.

L'homme hésite, visiblement ébranlé:

— Je vous conduirai à Warren, c'est notre chef ici.

Dans un bureau voisin, un petit homme rond et chauve, aux yeux pétillants, toise Max qui, sans se troubler, lui rend la pareille.

— Vous connaissez Audry, à ce qu'il paraît?

— C'est un de mes amis.

Le rire bon enfant de l'inspecteur s'arrête net et, sèchement, il riposte:

— Je ne vous crois pas.

110

Tant de cordialité, constate le jeune homme, masquait la vraie nature de Warren, qui semble l'authentique contrepartie de l'inspecteur Audry, volontaire et perspicace.

— Puisque vous ne me croyez pas, laissez-moi lui téléphoner, propose Max.

— Très juste. Mais j'appelle moi-même.

Il esquisse un geste pour saisir un petit annuaire. Le physicien, d'un ton neutre, récite de mémoire le numéro personnel d'Audry. L'autre lance à Max un regard ambigu, et vérifie les chiffres. Oui, c'est bien cela. Au bout du fil, une voix ensommeillée répond:

— Allo.

Audry ne comprend que trop bien le récit de son collègue. Max Ricard, arrêté pour conduite dangereuse, faisait du cent quatre-vingt à l'heure sur une route de l'Île-du-Prince-Édouard. On le soupçonne d'avoir volé la voiture.

— C'est insensé, proteste Audry. Je réponds de lui comme de moi-même. Je veux lui parler.

Le vainqueur de tant de rallyes ne peut conduire qu'avec bon sens, «sauf s'il a quelque raison impérieuse de négliger toute prudence», songe l'inspecteur.

Et Max écoute sans sourciller les reproches que ne lui ménage pas son correspondant lointain. Celui-ci ne peut intervenir qu'à distance et verbalement. Le physicien fait la grimace. Jamais il n'aurait cru Audry aussi éloquent.

Warren ne comprend rien à cette conversation en français, dont il n'entend au surplus que la moitié. Audry, furieux de savoir Max hors de portée, n'est pas dupe.

— Vous me cachez quelque chose et je finirai par savoir quoi.

Max, qui a envie de rire, répond avec sérénité:

— Je voulais essayer le moteur, c'est une voiture formidable. Rappelez-vous que c'est toujours Dulin le pilote, dans les rallyes.

— Vous mentez, tranche Audry, sans ambages. Passez-moi Warren, maintenant.

Tandis que les deux collègues discutent de son cas, Max observe le policier. Malgré les apprences contraires, c'est un homme de la trempe d'Audry. Même sang-froid, même ténacité. Étrange amitié que celle-là; chacun semble incapable d'oublier son travail plus de dix minutes à la fois. «Sans doute peut-on fraterniser en causant d'espionnage et de contrebande» se dit Max.

Mais que peut bien dire Audry? Voilà que Warren, d'un coup d'oeil, examine son prisonnier avec un respect nouveau; et l'étonnement se lit sur le visage rond et rose.

«C'est heureux, songe Max, qu'il puisse éprouver un sentiment aussi normal que la surprise.»

Warren dépose le récepteur et déclare:

— Audry me conseille de vous relâcher tous les deux.

Un silence. Est-ce le moment de parler de Birke, de Hotspur? Un rapt d'enfant ne serait pas du goût de Warren. Max hésite, mais se dit, avec raison:

«Il sera toujours temps demain.»

Il dédaigne les signaux de Guillaume qui, lui, révélerait volontiers son méfait. Sans rancune, les deux amis quittent leurs hôtes d'une nuit.

Warren, songeur, regarde s'éloigner le physicien. L'une des phrases d'Audry au téléphone lui revient en mémoire:

«Si Ricard vous demande quelque chose, aussi bizarre que cela vous paraisse, obéissez.»

12

Macbeth a tué le sommeil

Henry Birke a passé une nuit agitée. Sa lampe de chevet a brûlé jusqu'à l'aube. Celle du dernier jour, la fin du cauchemar. Ou peut-être son commencement...

Les paroles ardentes du jeune homme ont troublé le vieil acteur. Si cet inconnu avait raison?

Les fantômes du remords se lèvent:

Il m'a semblé entendre une voix crier: «Ne dors plus! Macbeth a tué le sommeil!»

Comme une réponse à son angoisse, un grattement insolite fait tressaillir Birke. Il va vers la fenêtre du balcon. Personne...

Soudain, de l'ombre, une forme a jailli. Un homme, lestement, saute sur le parquet et se dissimule le long du mur. C'est Ricard. Un peu essoufflé, car il a couru, il s'excuse de son intrusion.

— Que voulez-vous? dit Birke d'une voix mal affermie.

— Vous parler de votre petit-fils.

Le vieillard se laisse tomber sur un fauteuil. Max, rapidement, raconte:

— Hier, je suis allé au camp Wampum chercher l'enfant.

— Comment vous croire?

— Par ce que je peux vous révéler sur lui: vous l'appelez Hotspur. Il aime le chocolat aux amandes. Il bégaie un peu, sauf s'il récite Shakespeare.

Birke doit se rendre à l'évidence.

— C'est exact, admet-il. Où est Hostpur? Qu'avez-vous fait de lui?

— Je l'ai conduit chez un ami. Il y sera en sécurité.

— Mais où donc?

— Je ne vous le dirai pas, à cause des autres.

— Il cherchera à fuir, à me rejoindre.

— Non. Il a compris la situation.

— Que lui avez-vous dit de moi?

Car tout est là: Hotspur ne doit jamais savoir.

— Je lui ai dit, répond Max, qu'on essayait de vous contraindre, à cause de lui, à faire le mal, mais j'ai dit surtout qu'on ne réussirait pas.

— Merci, dit le vieillard, qui lève vers Max un visage ravagé par l'angoisse. Et qu'exigez-vous de moi, à votre tour?

Cette accusation de chantage prend Ricard par surprise.

— Je n'exige rien. Je vous rends votre liberté d'action, voilà tout. Si vous ne craignez plus pour l'enfant, vous ne conduirez pas un homme à sa perte.

Car Birke ne manque pas de courage personnel.

— Ces gens pourront se venger sur Hotspur, plus tard.

— Et l'homme que vous leur conduirez, ne savez-vous pas ce qu'ils en feront?

— Ils me l'ont promis, cet homme ne mourra pas.

— Peut-être, riposte Max, la voix frémissante. Mais il n'y a pas que la mort.

Ses ennemis sauront manipuler, de façon toute scientifique, les réactions de leur victime, disloquer les ressorts de son intelligence, avec une adresse plus cruelle que celle de Macbeth, plus inhumaine dans son raffinement. Ils feront de cet homme une épave. Traître malgré lui, comme vidé de sa substance, il traînera une vie hantée par la terreur et par l'angoisse.

Cet horrible sort, l'acteur, dans sa simplicité, ne saurait le prévoir. À quoi bon accabler ce vieillard? Max invoque d'autres arguments:

— Je pourrais prévenir la Gendarmerie et mon collègue serait sauf. Mais on s'en prendra à vous et à l'enfant. Pour éviter cela, il nous faut travailler ensemble.

— J'ai tenté de vous tuer, et vous m'offrez cela.

— Vous avez fait grâce, n'en parlons plus. Dites-moi le nom de l'homme qu'on attend à North Rustico cet après-midi.

Sous le regard de braise fixé sur lui, Birke se trouble et, d'une voix à peine perceptible, il murmure:

— Frobisher.

Frobisher! Ce vieillard hautain, expert de réputation internationale, dirige, à Vancouver, un laboratoire de recherches sous-marines. Intransigeant, Frobisher a gagné le respect de ses collègues, sinon leur sympathie. S'il n'admet pas les hypothèses scientifiques de Ricard, comment lui en garder rancune?

Birke continue ses aveux, car, de ce jeune homme qui l'écoute avec passion, émane un dynamisme qui rassure.

— J'ai connu Frobisher voilà bien des années, mais jamais nous ne sommes devenus des amis. Nous sommes trop différents. Je me suis rapproché de lui sous le coup des menaces, pour sauver Hotspur.

— Vous devez conduire Frobisher à trois heures, sur le quai de North Rustico.

— Comment le savez-vous? Les sorcières, disiez-vous... Mais qu'importe! Là, dans l'un des entrepôts, se tiendra un marin que je ne connais pas. Je lui demanderai où se trouve le banc de morues, il répondra quelque chose au sujet des étoiles de mer. Je parlerai alors des oursins. Puis il dira: «Montez, nous vous attendions».

Frobisher passera devant, et moi, je resterai sur le quai. Voilà tout!

— Tout! Mais un chalutier, au large, attendra cette barque.

L'acteur se refusait de penser aux conséquences de son geste. Il en mesure enfin la gravité: il contribue à attirer un homme vers un piège peut-être mortel.

Max, avec simplicité, divulgue son plan: à la place de Frobisher, il accompagnera Birke. Ce dernier pâlit:

— Non, c'est trop dangereux. Vous n'avez pas à risquer votre vie pour réparer mon erreur. J'irai seul, je parlerai à ce marin. S'il m'arrive malheur, vous veillerez sur l'enfant.

Max n'acceptera pas ce legs inattendu.

— Votre présence au rendez-vous sans Frobisher ne servira à rien. C'est lui qu'ils veulent.

— Alors que faire?

— J'ai besoin de vous. L'unique moyen, c'est qu'on me prenne pour Frobisher. Pouvez-vous vous débrouiller pour que je lui ressemble?

Birke examine d'un oeil critique cet homme jeune et intrépide qui lui sourit dans la lumière du matin. Long et svelte comme le vieux savant, il a le même type physique. Max est plus grand: il se courbera davantage.

Comme à regret, l'acteur acquiesce:

— C'est possible.

— Combien de temps vous faudra-t-il?

— Au moins une demi-heure.

— Très bien. Je vais faire quelques courses dans les boutiques de Charlottetown pour me procurer les vêtements nécessaires et je reviendrai vers midi. Puis-je sortir par la porte arrière? Ce sera plus commode que par le balcon.

Il disparaît bientôt, traversant les jardins encore déserts.

Grâce à cet inconnu qui offre sans calcul son courage et son dévouement, il reste à Birke une chance de racheter sa faute. Dans la solitude, il frissonne: quelle horrible trahison n'allait-il pas commettre!

La sonnerie du téléphone le fait sursauter. Ses complices soupçonnent-ils quelque chose? Ont-ils surveillé la maison et déjà capturé l'audacieux?

Il faut savoir.

Mais c'est le directeur du camp Wampum, et, dès les premiers mots, Birke croit défaillir:

— Il y a moins d'une heure, on est venu pour chercher votre petit-fils. J'ai dit que l'enfant était déjà parti. Mais tout cela me paraît bizarre.

Ainsi, sans l'intervention de Max, les malfaiteurs se seraient saisis de Hotspur. Le silence du grand-père étonne son interlocuteur qui insiste.

— Dois-je prévenir la Gendarmerie?

— N'en faites rien, surtout.

— J'ai vérifié le dossier de l'enfant. La lettre qu'on m'a montrée hier portait une signature qui ne ressemble même pas à la vôtre. C'était un faux.

— Peu importe. Mon petit-fils est en sécurité.

Mais le grand-père voudrait en être plus sûr. Les projets de Max lui paraissent bien téméraires. Et la peur, peu à peu, l'envahit, à mesure que s'écoulent les heures qui le séparent du dénouement.

13

Alias Frobisher

Max a rejoint Guillaume dans un restaurant du quartier des affaires. Celui-ci savoure des oeufs rôtis, en lisant le journal du matin. Le confrère du *Charlottetown Observer* a tenu parole et rédigé sur Ricard un article élogieux. Mieux vaut n'en pas parler, car Max n'apprécierait guère certains passages du texte.

Après le petit-déjeuner, Max entraine son camarade vers un magasin. Il essaie un chandail noir à col roulé, et choisit une canne brune, baguée d'argent.

— Cette histoire va me ruiner, constate-t-il, en réglant la facture.

— Tu auras l'air tout à fait digne, dit Guillaume, impressionné.

Mais il renonce à comprendre, et ne pose pas de questions en public. C'est seulement lorsque la Volvo file entre les champs que Max ose dévoiler ses projets. Devant le calme de son camarade, Guillaume croit d'abord qu'il a mal entendu.

— Veux-tu dire que tu te feras passer pour Frobisher?

— Crois-tu que je réussirai?

— Là n'est pas la question. C'est insensé.

— Bah! Je préviendrai l'inspecteur Warren, il m'enverra bien quelques hommes.

— Tu risques trop.

— Je ne suis pas un vieux monsieur. Je saurai me défendre. De plus, moi, je sais ce qui m'attend à bord, et que ce n'est pas une excursion de pêche; de toute façon, je ne possède pas, comme Frobisher, les secrets qui intéressent ses ennemis.

— Tu en sais d'autres, riposte Verdier avec raison. Après l'histoire de Spa et celle de Nejevski*, on ne t'a pas oublié, sois-en sûr. On saura se venger.

— Faisons confiance à Warren.

— Et moi donc, lance Guillaume, avec feu, tu crois que je n'y serai pas?

— Je compte sur toi pour éloigner Frobisher.

— Ce grand balai désagréable?

— Ce grand balai désagréable, comme tu dis, est l'un des esprits scientifiques les plus extraordinaires de notre époque.

Et, d'un ton d'autorité, il donne des instructions précises avant de conclure:

— Je crois que c'est le moyen le plus sûr.

— Le plus sûr, répète Verdier, sarcastique.

_____

* Voir *Max* et *Max au rallye*.

Malgré son calme apparent, Max redoute-t-il l'issue de cette entreprise? Il tend à Guillaume le carnet de cuir contenant ses travaux de physique:

— Si ça tourne mal, dit-il, tu remettras ceci aux camarades du laboratoire.

— Tu es funèbre, riposte Verdier, entre ses dents.

— Voici une cabine téléphonique, interrompt Max, qui ralentit à un carrefour.

Dans son bureau de la rue Malpèque, l'inspecteur Warren décroche le récepteur.

— Allo.

— Ici Max Ricard, dit une voix ferme.

— Ah! oui, Ricard. Pas d'excès de vitesse dernièrement?

L'autre rit de bon coeur.

— Pas aujourd'hui.

— Voilà trois fois qu'Audry m'appelle à votre sujet.

— Et que désire-t-il?

— Il se prétend l'un de vos amis. Mais, franchement, à l'entendre, on se prend à en douter. Il s'inquiète, il est sûr que vous vous êtes fourré dans quelque guêpier.

— Il a raison, et j'ai besoin de vous.

Brièvement, il met l'inspecteur au courant de l'affaire: l'ennemi se propose d'enlever Frobisher, de le conduire à un chalutier croisant au large. Warren garde son sang-froid, et c'est tout à son honneur.

— Comment savez-vous cela?

— Qu'importe! L'essentiel, c'est que vous soyez au quai de North Rustico dans une heure, avec vos hommes; mais qu'on ne vous voie pas.

— Vous n'avez pas d'ordres à me donner.

Il se résigne pourtant. «Il faut écouter ce fou et voir ce qu'il prépare». Car malgré les paroles véhémentes d'Audry, son collègue de Charlottetown éprouve envers Max une vive méfiance.

Max, posément, continue:

— Vous connaissez Henry Birke?

— Comme tout le monde. Je l'ai vu au théâtre.

— Il nous aidera.

Max prend bien soin de ne pas en révéler trop.

— Au quai de North Rustico, explique-t-il, une barque attendra Frobisher, soi-disant pour une excursion de pêche.

— Si vous êtes si sûr de vous, indiquez-moi le nom de cette barque. Nous ferons en sorte qu'elle n'appareille pas.

— J'ignore de quel bateau il s'agit. Un marin nous y attendra; à son signal seulement, nous serons fixés. Mais si vous vous montrez, les espions risquent de vous échapper.

— Nous aurons sauvé Frobisher.

— C'est insuffisant, vous le savez.

— Histoire impossible, proteste Warren. Supposons que vous échouez, ils emmèneront Frobisher.

— Non, car c'est moi qui accompagnerai Birke.

«Audry m'a pourtant mis en garde contre cet homme et sa témérité», songe-t-il avec dépit.

— Je ne permettrai pas une folie pareille.

— Voyez-vous un autre moyen? riposte Max.

— J'en trouverai un.

— Vous n'en avez ni le temps ni le pouvoir. Audry me ferait confiance, lui.

Max juge assez piquant d'évoquer l'inspecteur de Québec pour appuyer une tentative de cet ordre.

— Où êtes-vous? demande Warren.

Car il faut, de toute évidence, empêcher l'imprudent de se jeter dans un piège. Ce garçon paraît trop sûr de lui et déplaît de plus en plus à Warren qui déclare:

— J'enverrai quelqu'un à votre place.

— Birke ne travaillera qu'avec moi. Après tout, vos hommes seront là. Doutez-vous d'eux?

Et c'est l'argument décisif.

— À tantôt, conclut-il. N'oubliez pas: le quai de North Rustico à trois heures précises.

— Ricard, écoutez-moi...

Trop tard, Max a raccroché. Il ne reste plus qu'à s'incliner. Mais Audry entendra parler de son physicien.

14

Où s'assemblent
les oiseaux de mer

— Personne ne vous a vu entrer? dit Birke, avec inquiétude.

— Je ne le crois pas. Je commence à bien connaître le quartier, assure Max.

— Vous avez des nouvelles de Hotspur?

— Non, mais vos ennemis non plus.

Sans perdre un instant, Max enfile le chandail neuf. Il reste peu de temps pour opérer la métamorphose.

— Asseyez-vous là, dit l'acteur, qui ouvre sa trousse de maquillage.

Avec adresse, il se met à l'ocuvre. D'une ombre, il a amoindri la ligne trop ferme du menton, ajouté des rides autour de la bouche, au coin des yeux. Grâce à une poudre adhérente, les cheveux noirs de Max tournent au gris.

— Les mains, n'oublions pas les mains, dit l'artiste, c'est souvent ce qu'on néglige.

Le physicien a l'air d'un vieux monsieur très digne.

— Promenez-vous, maintenant, ordonne Birke, fier de sa réussite.

Maniant la canne comme une épée, Max arpente la pièce avec la démarche élastique d'un athlète.

— Ça n'ira pas du tout, se désole Birke.

Et c'est là le plus difficile: restreindre l'énergie de Max, l'obliger à raccourcir ses pas, à poser les pieds avec précaution, comme s'il lui fallait ménager quelque rhumatisme.

Enfin, la transformation paraît complète. Max, devant le miroir, contemple ce qu'il deviendra peut-être un jour... «Si tout se passe bien aujourd'hui», songe-t-il. Car, par moments, il n'est plus très sûr du succès.

Mais c'est d'un ton presque joyeux qu'il propose:

— Partons. Nous n'avons que peu de temps.

La voiture de Birke traverse l'île, en direction de la côte nord et du parc national. Le paysage familier, vaste et riant, verdoie au soleil. Le physicien, cent fois, souhaiterait prendre le volant. Le comédien, sans raison, freine, accélère, fait des zigzags qui mettent à vif les nerfs de son passager.

En route, ils répètent le dialogue soigneusement préparé.

— Où se trouve le banc de morues? demande Birke, d'une voix qui tremble.

Max, jouant le rôle du marin, qui, tantôt, l'accueillera sur le quai et lui donnera la réplique:

— Là où s'assemblent les étoiles de mer.

— Mais il n'a plus d'oursins, dit l'autre, avec effort.

— Montez à bord, nous vous attendions, riposte Max, qui songe: «Birke est trop ému, il perdra la tête».

Mais il n'a guère le temps de réconforter son compagnon, car voici la mer où frémissent des taches de lumière. Sur la longue plage rousse s'alignent des échafaudages de bois où sèche la morue.

Ils laissent l'auto à l'entrée du port de Rustico. Les vagues viennent battre les pilotis vermoulus. De proche en proche, des entrepôts abritent des cordages, des cages à homards. Les barques amarrées se balancent. Laquelle abrite dans ses flancs des hommes prêts au crime?

Max courbe les épaules, il marche comme si chaque pas lui coûtait un effort. N'est-il qu'un figurant? Non, il est devenu ce vieillard qui marche sur un quai blanc de soleil.

La respiration fraternelle de la mer couvre les battements de son coeur. La brise du large, alourdie d'humidité, charrie une forte odeur de sel et d'iode. Les abords du quai sont presque déserts. Trois pêcheurs, près de leurs barques respectives, ne se tournent même pas.

Où sont les policiers de Warren? Bien cachés, ou en retard? Interviendront-ils à temps?

Max a l'impression d'assister, spectateur trop lucide, à la fin d'un monde: le sien. Les matelots condamnés à mort qui, autrefois, «passaient à la planche», devaient ressentir cette angoisse. D'ici quelques minutes, lui semble-t-il, ses bourreaux l'obligeront à sauter dans cette mer exagérément calme. Une seule différence: la victime n'a pas les yeux bandés, ce n'en est que plus effrayant.

Une autre image s'impose à son esprit: un trapéziste doit avoir envers ses coéquipiers une confiance totale. Il aurait éprouvé, travaillant avec Audry, qu'il connaît bien, une assurance sans faille. Mais que penser de Warren? Il a pu mal comprendre, ou ne pas croire Max. Celui-ci va-t-il se livrer, sans défense, aux mains de ses ennemis et subir le sort qu'ils réservaient à Frobisher?

L'essentiel de ses recherches, Max l'a livré aux collègues du congrès dans son exposé sur les ondes. Quant aux secrets que son métier l'oblige à posséder, il tenterait, bien sûr, de n'en rien révéler. Mais il ne se fait pas d'illusion sur son sort, qu'il devine plus précaire que celui de Frobisher. Guillaume a raison, Max subirait la vengeance de ceux qu'il a déjoués deux fois déjà.

Le physicien frissonne. Il faut agir, car ils vont dépasser le premier des trois pêcheurs.

— Monsieur Birke, c'est le moment, dit-il, très bas.

Pâle, hagard, l'acteur semble aphone. Les secondes coulent, implacables, pesantes, vides. Sous le regard de braise que Max fixe sur le sien, Birke se ressaisit. Habitude de la scène? Toute-puissance du rôle se substituant à la véritable personnalité? D'une voix forte, un peu haute, peut-être, il récite:

— Où se trouve le banc de morues?

— Maintenant, dit l'homme, on le cherche avec le radar. Il faudrait demander ça au capitaine.

Encore quelques pas, jusqu'à un tout jeune homme, qui sourit.

— Où se trouve le banc de morues? répète Birke.

— Ça, dit l'autre, si je le savais, je ferais fortune.

Ce n'est pas la réponse que Max attend, de toutes les fibres de son être; ce ne sont pas les mots que son impatience ferait presque surgir du silence. Le quai s'allonge, interminable, et là-bas, tout au bout, une goëlette, la *Rosemary*, se balance, prête à lever l'ancre.

Les policiers de Warren — s'ils sont là — auront du mal à intervenir assez vite.

Sur un étal de bois, un homme, à l'aide d'un couteau long et pointu, tranche le filet des morues que lui passe un autre pêcheur, demeuré dans le bateau.

Et Birke, sans sourciller, pose une fois de plus sa question.

— Là où s'assemblent les oiseaux de mer, dit le marin.

Dédaignant son interlocuteur, il se tourne, et, d'un coup d'oeil, il jauge Max, qu'il prend pour Frobisher. Ce vieillard blême et voûté n'opposera guère de résistance...

Birke, dans un souffle, reprend:

— Mais il n'y a plus d'oursins.

Max, dans un éclair, se demande comment le véritable Frobisher aurait réagi à ce dialogue absurde. Birke n'est qu'un piètre conspirateur. Comme dans un cauchemar, Max entend la voix rude, qui, lentement, prononce:

— Montez à bord, nous vous attendions.

Il semble à Ricard que, dans une autre vie, il a déjà vécu de tels instants, mais sur quelle scène pareillement inondée de lumière?

*

Le vrai Frobisher, inconscient du drame qui se joue, grille d'impatience. Il doit rencontrer à trois heures, sur le quai de Rustico Harbour, des morutiers qui l'emmèneront à la pêche. Birke a organisé l'excursion, mais, toujours aussi bohème, a téléphoné au dernier moment pour annoncer:

— Je n'irai pas vous chercher moi-même à l'hôtel. Je vous envoie un jeune ami dévoué.

Le «jeune ami dévoué» a l'air on ne peut plus rébarbatif: il s'est présenté à l'hôtel avec dix minutes de retard, et Frobisher, l'exactitude même, lui en voulait avant même de le voir.

«Vous ne me plaisez guère» dit le regard courroucé du vieux savant.

«Il s'imagine peut-être que cette corvée m'amuse», riposte mentalement Guillaume, le visage en feu.

— Qui êtes-vous? demande Frobisher.

— Verdier, chroniqueur sportif du *Québécois*.

— Je déteste les journalistes.

— Et moi, la physique m'ennuie, répond Guillaume, pour n'être pas en reste.

D'un ton méditatif, il ajoute:

— Depuis quelques jours, je me fais plutôt l'effet d'un correspondant de guerre.

La plaisanterie demeure sans écho, et, pendant de longues minutes, le seul bruit est le ronronnement de chat bien élevé du moteur.

Pourtant, cette mission n'est pas de tout repos. Si l'adversaire surveille les allées et venues de Frobisher, la présence de la Volvo, facile à identifier, paraîtra pour le moins suspecte. Laisser l'auto dans une rue voisine? Mais si le vieillard irascible allait refuser de suivre, à pied, son guide?

C'est pourquoi Guillaume a gagné l'hôtel par le chemin des écoliers. Maintenant, il redoute, à chaque tour de roue, la catastrophe.

Les premières minutes écoulées, il reprend quelque sang-froid. Il a accepté une tâche ingrate: assurer la sécurité de Frobisher. Dans son for intérieur, il rend celui-ci responsable, bien à tort, de la situation où se débat Max. L'imagination du reporter, toujours prompte à s'émouvoir, lui représente, de façon précise et colorée, mille péripéties contradictoires et désastreuses.

— Où me conduisez-vous? dit tout à coup Frobisher.

Car, à une bifurcation, la Volvo, au lieu de continuer tout droit, a tourné en direction de l'est. Guillaume, rouge et énervé, n'est guère rassurant, et le savant se croit, tout de bon, entre les mains d'un fou.

— Laissez-moi descendre, dit-il, appuyant cet ordre d'imprécations vigoureuses.

— Vous parlez comme Shakespeare, note Guillaume, avec admiration. En ce moment, nous nous dirigeons vers Tracadie.

— Tracadie! fulmine le vieillard. Mais Birke m'attend à Rustico.

— Eh bien, il attendra.

— Laissez-moi descendre.

Pour toute réponse, Guillaume appuie sur l'accélérateur. C'est un plaisir de conduire cette voiture.

— Vous m'entendez? Je veux arrêter ici, proteste encore Frobisher.

Malgré son âge, il est encore solide. Verdier redoute un coup de la lourde canne d'ébène que l'autre agite en tous sens.

— Vous n'allez pas sauter d'une voiture en marche, ni m'assommer quand je conduis à cent à l'heure, raisonne le reporter, aimablement.

— Expliquez-vous, exige le savant.

— Nous allons à Tracadie, chercher deux amis à moi, Hotspur et Johnnie.

— Et encore?

Guillaume retrouve sa verve pour présenter le problème en vrai journaliste:

— Vous aimeriez ça, vous, devenir le héros d'un article sensationnel: «Frobisher a disparu au cours d'une promenade en mer. On suppose qu'un bateau l'a conduit à un chalutier non identifié qui, ce jour-là, croisait au large de l'Île-du-Prince-Édouard»?

Le vieil homme est devenu livide, la canne retombe, inerte, sur le plancher.

— Quelle est cette fable?

— Une histoire d'espionnage. Heureusement pour vous, Ricard a éventé la mèche. Il m'a chargé de m'occuper de vous.

Avec un luxe de détails, il se plaît à mettre l'autre au courant de toute l'histoire. Guillaume ne révèle pas qu'il a accepté de mauvaise grâce une mission trop pacifique à son gré. Il voudrait être déjà à Rustico, pour prêter main-forte à son camarade. Quant à cet hurluberlu, qu'au moins il apprécie la générosité de son sauveteur. Guillaume prend soin de le renseigner.

— Vous imaginez l'effet si deux Frobisher se présentent en même temps sur le quai?

— Deux Frobisher?

— Oui, Max se fait passer pour vous.

Et, d'un ton de reproche, il ajoute:

— J'avais bien envie de vous planter là avec vos problèmes.

Un coup d'oeil à la pendule, et il soupire:

— Tout se règle en ce moment, là-bas.

15

Alerte sur la Rosemary

Peints sur la coque grisâtre de la barque, deux mots se détachent, en lettres noires, à demi rongées par le sel: *The Rosemary*.

Sur le quai, un long silence a suivi les paroles du pêcheur:

— Montez à bord, nous vous attendions.

Aux deux marins qui le regardent avec attention, Max dit d'un ton ferme:

— Monsieur Birke ne vient pas avec nous.

Les autres acquiescent. Celui qu'ils veulent, c'est Frobisher.

Warren ne paraît toujours pas. Pour gagner du temps, pour réconforter Birke, Max lui serre la main:

— Merci, vous m'avez rendu service.

Un goéland, au loin, tournoie, tel le planeur que Max a rêvé de construire. Tant de projets et tant d'espoirs, dont il se sent dépossédé, l'assaillent brusquement.

— Vite, presse le pêcheur qui s'impatiente.

Comme un somnambule, Birke s'éloigne à pas traînants. Max, resté seul, sent une colère immense l'avenir. Où est Warren? Que font les policiers? Voilà cinq minutes qu'ils devraient être là.

— Montez, dit le pêcheur; et il fait un pas en avant.

Soudain Max voit s'allumer le regard de l'homme. Malgré le maquillage, celui-ci reconnaît le jeune physicien qu'il avait mission de supprimer. Depuis l'attentat sur la plage, le marin a reçu, au sujet de Ricard, des ordres rigoureux: le capturer, si possible. Autrement, s'en débarrasser.

D'une exclamation, il alerte son complice qui, revolver au poing, s'avance:

— Si vous n'obéissez pas, j'abats Birke.

Le vieil acteur s'éloigne lentement, si lentement; il semble n'avoir plus de force.

Les hommes qui, tantôt, s'affairaient sur le quai, ont disparu. Personne n'interviendra. Max est seul.

Du coin de l'oeil, il aperçoit une barque, remplie de touristes qui rentrent d'une excursion. À leur nombre, et surtout à leurs vêtements, on les reconnaît sans peine. Des éclats de voix, des rires bruyants disent assez leur insouciance.

Max, un instant, regarde ces gens qui semblent d'une planète étrangère et paisible. Mais il sent dans son dos la pointe d'une lame — celle même qui tantôt servait à tailler les filets — et saute dans la barque. Déjà la carène vibre, on dénoue les amarres, une voix lance des ordres.

On entraîne Max sous la menace du revolver. On le pousse dans la cabine dont la porte se referme en claquant.

Les propriétaires de la Ford, les poursuivants de *Duffy's Corner*, sont assis à une table. Max reconnaît le menton pointu de l'un, les yeux pâles et les paupières tombantes du deuxième.

— Tiens, monsieur Ricard nous rend visite, dit le premier.

— Lequel de vous est Jannis? demande Max, et son regard va de l'un à l'autre.

Ils ne daignent pas répondre. À quoi bon, d'ailleurs?

Max n'insiste pas. Il lui faut sortir d'ici, maintenant que Birke est hors de danger. Mais déjà le mouvement du bateau a changé; les hélices le propulsent vers le large. À la place de Warren, Audry n'aurait jamais laissé les choses se gâter ainsi.

Max n'a pas lâché la canne d'ébène. Il en assène un coup à son voisin le plus proche, tandis qu'avec son pied il renverse la table.

L'homme aux yeux pâles s'est dressé, braquant son revolver. Il ne semble pas disposé à tuer, du moins pas tout de suite. Il lance un cri et la porte s'ouvre. L'un des marins, qui faisait le guet tout en aidant à la manoeuvre, accourt à la rescousse.

Dans la cabine étroite, c'est une mêlée confuse, déroutante. Max se débat et chacun de ses coups porte, mais il doit se défendre contre deux assaillants; l'homme au visage anguleux est un redoutable lutteur. Surtout, il faut que Ricard se fasse de ses ennemis un rempart contre l'arme à feu.

Un instant, il a le dessus, puis il trébuche, et les deux hommes se jettent sur lui, le clouant au sol. Sur sa gorge, il sent le froid de l'acier. La cabine semble pleine d'un souffle rauque, et c'est sa propre voix qu'il reconnaît, dans le silence.

Vont-ils l'achever sur-le-champ? Une fin rapide serait plus clémente que le sort réservé à Frobisher.

Un dialogue s'engage, en une langue inconnue. Les mots résonnent, âpres, vides de sens et le captif, avec son obstination coutumière, ose encore espérer. Car, s'il vit, tout est encore possible.

Pourtant, Max a perdu; les jeux sont faits et plus personne n'interviendra en sa faveur. Même si Birke réussit à donner l'alerte, il faudra du temps pour convaincre les autorités, pour chercher du secours. Déjà, le bateau s'écarte du rivage. Le retrouver, quelque part sur l'Atlantique, avant qu'il n'ait pris contact avec un chalutier mystérieux? Illusion...

Du moins, Frobisher est sauf, mais à quel prix! Ricard paiera à la place de son aîné. Il avait accepté ce risque. Tandis qu'on le fouille, qu'on le lie à une banquette de la cabine, il a, dans sa détresse, une pensée de commisération pour le vieil acteur. Macbeth avait raison: *Ces actes-là trouvent toujours ici-bas leur sentence.* À jamais, Birke se souviendra…

*

Le bateau de touristes que Max a entrevu s'approche rapidement; et à mesure, le comportement des soi-disant flâneurs se métamorphose. Chacun d'eux est un policier de la Gendarmerie royale. Warren, le capitaine de cet étrange équipage, a vu de loin Henry Birke. Ricard, sous son déguisement, ressemble si bien à Frobisher, que l'inspecteur s'y est mépris.

«C'est le vieux savant qui est monté à bord. Quelque chose n'a pas marché. Ricard a échoué lamentablement. Je n'aurais pas dû me fier à lui.»

Mais le moyen de faire autrement? On n'a pas eu le temps d'improviser une tactique différente, il a fallu accepter l'ultimatum de Ricard.

Le bateau côtoie la *Rosemary*, l'accompagne dans sa course, et Warren, à l'aide d'un porte-voix, hèle les marins. Les policiers, comme des pirates à l'abordage, envahissent la goëlette et capturent les trois matelots, après une lutte brève et violente.

Warren en tête, ils font irruption dans la cabine. Le chef de la bande fait volte-face.

Pressé de toutes parts, il est désarmé, vite réduit à l'impuissance, de même que ses comparses.

L'inspecteur s'empresse de libérer Ricard qui, sans rancune, constate:

— Vous y avez mis du temps, monsieur Warren.

— Une panne de moteur, explique l'autre.

On conduit Ricard sur le pont de la *Rosemary*, où il rejoint ses adversaires, plus mal en point que lui. Mais le chandail, qui a coûté une petite fortune, est sali, déchiré. On s'apprête à conduire à la gendarmerie les occupants de la goélette.

— L'un d'eux s'appelle Jannis, dit Max, mais je ne sais même pas lequel.

Le chalutier étranger, qui guettait un signal de radio, ne s'est pas montré. Il file sans doute vers son port d'attache, au-delà des mers.

Guillaume surgit à l'improviste avec le vrai Frobisher. Celui-ci, plus brusque, plus courroucé que jamais, ne sait comment exprimer sa reconnaissance. Hotspur, lui, se jette dans les bras de son grand-père, et Birke encore éperdu, ne distingue plus très bien lequel, de ces deux vieillards, pareillement vêtus de noir, est le véritable Max.

Johnnie, mal à l'aise, reste à l'écart. Le plaidoyer de Ricard ne dissimule pas les torts du jeune délinquant, mais réclame l'indulgence. Warren s'empresse de rassurer le garçon qui, par son dévouement, a racheté ses erreurs. On lui accordera l'amnistie, la chance de recommencer à neuf.

— Mais te prendre comme bonne d'enfant, conclut le policier, c'était assez audacieux.

L'inspecteur, qui ne s'explique pas le rôle de Birke, hésite, balloté entre le récit confus du comédien et les réponses catégoriques de Max. Il est plausible, après tout, que Birke n'ait jamais eu l'intention de conduire le vrai Frobisher dans un guet-apens. Un reste de mystère plane là-dessus, et Max, on le sent, n'a pas l'intention de l'élucider.

Audry apprendra, de l'aventure, le peu que son collègue de Charlottetown pourra lui conter. Mais personne, même pas Guillaume, dont les yeux pétillent de curiosité, ne connaîtra le fin mot de l'histoire.

Tandis que Birke et Frobisher renouent leur amitié, Warren téléphone à son collègue de Québec. Il contraint même Max à subir les commentaires de l'inspecteur Audry.

Après un dialogue aussi bref qu'orageux, Ricard va, en compagnie de Verdier reconduire Johnnie à Tracadie et le jeune Hotspur à Wampum. Le directeur du camp regarde de travers ceux qu'il considère encore comme les ravisseurs du garçon. Guillaume, que la honte rend muet, se sent rougir. Max, imperturbable, maintient la conversation sur un plan élevé, loin des sujets de discorde.

Malgré les protestations du reporter qui, selon lui, a mérité les délices de la vie d'hôtel, il faut ensuite regagner Rustico et la tente bleue.

Résigné, le gourmet prépare des crêpes, sa spécialité. Demain, il se préoccupera du congrès, il reprendra une vie plus normale; mais ne convient-il pas, ce soir, de soigner le menu? Il monologue, enjoué, insinuant: il pose des questions. Sa curiosité se heurte à un silence têtu. Rien ne ternira la réputation du vieil acteur; ce qui s'est passé entre lui et Ricard demeurera à jamais une énigme.

Taciturne et mécontent, le physicien feuillette le vieux *Macbeth* dont le comédien lui a fait cadeau.

Guillaume rattrape de justesse la dernière crêpe qui virevolte comme un papillon beige.

— Quelle journée! Dire que rien ne pourra servir à mon article du *Québécois*! J'en ferai une dépression.

Et Ricard, moqueur, cite une fois encore *Macbeth*:

— *Le printemps de ta vie est en proie à la sécheresse.*

FIN

Table des chapitres

Achevé d'imprimer le 1er mars 1985, à Louiseville,
à l'Imprimerie Gagné Ltée,
pour le compte des Éditions Fides.